불가리아 출신
율리안 모데스트의 에스페란토 원작 희곡 최초번역

세기의 발명

INVENTO DE L' JARCENTO

율리안 모데스트(Julian Modest) 지음

세기의 발명

인 쇄 : 2023년 2월 15일 초판 1쇄
발 행 : 2023년 2월 15일 초판 1쇄
지은이 : 율리안 모데스트(Julian Modest)
옮긴이 : 오태영(Mateno)
펴낸이 : 오태영
출판사 : 진달래
신고 번호 : 제25100-2020-000085호
신고 일자 : 2020.10.29
주 소 : 서울시 구로구 부일로 985, 101호
전 화 : 02-2688-1561
팩 스 : 0504-200-1561
이메일 : 5morning@naver.com
인쇄소 : TECH D & P(마포구)
값 : 13,000원
ISBN : 979-11-91643-84-8(03890)

불가리아 출신
율리안 모데스트의 에스페란토 원작 희곡 최초번역

세기의 발명

INVENTO DE L' JARCENTO

율리안 모데스트(Julian Modest) 지음

오태영 옮김

진달래 출판사

Julian Modest

INVENTO DE L' JARCENTO
DRAMOJ KAJ KOMEDIOJ
originale verkitaj en Esperanto

BULGARA ESPERANTO-ASOCIO
PRES-ESPERANTO Sofio - 1993

© Julian Modest   Sofio, 1993

Redaktis Rumjana Lazarova
Korektis Rumjana Georgieva

Ofsetpresejo de Pres-Esperanto
Sofio, str. Angelov vrah 23

목차(Enhavo)

La teatro eterna kaj bezonata (eseo)

La teatro estas unu el la plej sintezaj artoj. Ĝi inkluzivas la literaturon, la muzikon, la dancon, la pentroarton. Ĝi bezonas dramverkistojn, geaktorojn, reĝisorojn, komponistojn kaj, kompreneble, spektantojn. La teatro ne povas ekzisti sen geaktoroj aŭ sen spektantoj. Ĝi estas socia fenomeno, kiu signas la evoluon de la civilizacio.

Io magia estas en la mondo, kiun oni kreas sur la scenejo, inter la dekoroj kaj sub la diversaj kolorlumoj. La teatra salono dronas en profunda silento kaj mallumo, kaj antaŭ la publiko, sur la scenejo, okazas homaj dramoj. Tie oni agas, amas kaj malamas, kredas kaj perfidas. Sur la malgranda sceneja spaco vibras la tuta vivo kaj ni ne nur spektas, sed partoprenas en ĝi, travivas ĝin, simpatias aŭ malsimpatias kun tiu aŭ alia persono. Nin sorĉas tiu ĉi granda ludo kaj dum du horoj ni forgesas, ke la tuta vivo estas simila nekomprenebla ludo, ke ĉiutage la vivo tiras nin en similajn tragikajn aŭ komikajn situaciojn, kaj kiel la geaktoroj sur la scenejo, ni same agas ĉu prudente aŭ malprudente, ni amas kaj malamas, estas fidelaj aŭ kontraŭvole perfidas iun. Jes, ankaŭ la vivo estas teatro, tamen ne ĉiam ni deziras vidi aŭ kompreni tion.

En la vivo ni estas seriozaj, eble pli seriozaj ol kiom necesas, sed en la teatro ni amuziĝas, sentas plezuron, ĉagreniĝas aŭ ridas, tamen ni subkonscias, ke tio estas ludo amuza kaj agrabla.

La teatro interpretas la vivon, sed ĝi mem ne estas la reala vivo. La teatro ne nur amuzas, sed influas nin kaj tio estas ĝia plej fundamenta signifo.

Ĉiam, dum la evoluo de la civilizacio, ege gravaj estis la rimedoj por la influo sur la homoj. La homaro senlace serĉis kaj aplikis diversajn influrimedojn, inter kiuj la religio, la oratora arto, sed evidentiĝis, ke unu el la plej fortaj estas la teatro.

De la scenejo senpere kaj rekte eblas penetri en la plej profundajn tavolojn de la homa memo kaj signife influi la pensojn kaj sentojn.

De la stato de la homa mondpercepto dependas la homa ekvilibro en la socio kaj la normala adaptiĝo al la cirkonstancoj. Ĝuste pro tio la rolo de la teatro ege gravas, ĉar ĝi rekte influas la homan mondpercepton. La homo, la spektanto travivas la teatran verkon kaj se pli forte li travivas ĝin, la teatra verko pli profunde tiras la spektanton al personaj rememoroj, imagoj, intimaj travivajoj, surbaze de kiuj la spektanto trapensas kaj pritaksas la teatran verkon.

La spektanto tamen ne ĉiam sentas tiun ĉi influon, ĉar dank' al la teatraj specifoj la influo estas diskreta kaj subtila. De la scenejo oni ne aŭdas ĝeneralajn formulojn, konatajn pensojn, kliŝojn, pretajn konkludojn, sed delikate oni instigas al pensado, medito kaj la spektantoj mem faras la konkludojn. Tio ĉi estas la plej signifa trajto de la teatro. Ĝi ne prezentas sentojn, ĝi provokas sentojn, igas la spektantojn reagi kaj surbaze de tiu ĉi reago la teatro influas.

Unu el la plej gravaj roloj en la teatro estas la rolo de la dramverkisto. En la teatra verko, ĉu tragedio, dramo aŭ komedio, la plej signifa estas la subteksto. La verkisto ne diras ĉion, li nur aludas. Per la magio de la vortoj li direktas la atenton de la spektantoj, kiuj mem faras la konkludojn kaj atingas ĝis la ideo, ĝis la kerno de la problemoj.

La spektanto estas ne nur atestanto de la

intrigo, kiu okazas sur la scenejo, sed li aktive partoprenas en ĝi. Dum la spektaklo li pensas, travivas, reagas, li provas antaŭvidi la reagojn de la rolantoj kaj decidi kiamaniere li reagus, se li mem troviĝus en simila situacio. Ne hazarde en la teatra arto la plej aktiva partoprenanto estas ne la reĝisoro, ne la geaktoroj, sed la spektanto.

La reĝisoro kaj la geaktoroj scias kion ili celas, kio okazos, kaj ili celas provoki la reagon de la spektantoj.

La plej granda avantaĝo de la teatra spektaklo estas, ke ĝi okazas nun, sur tiu ĉi loko kaj en tiu ĉi momento. La liriko, la poezio revenigas nin en niajn rememorojn. Ĝi vekas emociojn, travivajojn, kiujn iam ni sentis kaj travivis. La prozo: la novelo, la romano sekvas la naturan vojon de la okazintajoj, klarigas ilin, montras la kialojn, kiuj provokis ilin, ligas ilin al la estintaj okazintajoj, priskribas la homojn, kiuj partoprenas en ili, prezentas iliajn karakterojn, montras iliajn psikologiajn reagojn, sed en la teatra spektaklo ĉio okazas nun, antaŭ niaj okuloj. Estiĝas situacioj, en kiuj la partoprenantoj, la rolantoj devas tuj reagi kaj dum la reagoj riveliĝas iliaj karakteroj, iliaj mondperceptoj.

La spektantoj same reagas, estas tiritaj en la situaciojn. En ili vekiĝas pensoj, sentoj kaj nesenteble ili estas kaptitaj en tiu ĉi ludo, kiun oni nomas teatro.

D-ro Zamenhof havis la genian ideon ne nur iniciati la Lingvon Internacian, sed ankaŭ krei la unuajn literaturajn verkojn en tiu ĉi lingvo. Nun mi opinias, ke jam en la aŭroro de Esperanto Zamenhof konsciis la gravan rolon de la teatro. Li bone komprenis, ke la lingvo vivas kaj pulsas ne nur en la homaj rilatoj, sed same de la scenejo, de kie oni povas aŭdi kaj percepti modelan vervan lingvon.

Ĝis nun, kiam mi devis plurfoje prelegi pri la originala Esperanto-literaturo, mi emfazis, ke d-ro Zamenhof tradukis en Esperanton dramajn verkojn por doni ekzemplojn pri la parola lingvo, tamen nun mi komencas opinii, ke Zamenhof ne nur tial tradukis dramverkojn de la plej elstaraj mondaj dramverkistoj, sed li bone komprenis la rolon de la teatro kaj li sciis, ke rekte de la scenejo la vojo de la lingvo estas pli mallonga kaj multe pli efika.

Vere genia estis tiu ĉi bjalistoka junulo, kiu ege frue komprenis la leĝojn de la socio kaj senerare konkludis, ke nur pere de la lingvo oni plej efike povas influi la homan mondpercepton, kaj verŝajne intuicie Zamenhof komprenis, ke unu el la plej grandaj rimedoj por tiu ĉi influo estas la teatro.

D-ro Zamenhof strebis instigi, la unuajn Esperanto-verkisto, al dramverkado. Ne hazarde li tradukis en Esperanton la plej grandajn dramverkojn de la monda literaturo kiel "Hamleto" de Ŝekspiro, "La Revizoro" de Gogolo, "La Rabistoj" de Ŝilero ktp.

Tamen la originala Esperanto-literaturo sekvis la naturan vojon de la evoluo de ĉiuj naciaj literaturoj. Unue aperis kaj evoluis la liriko, poste la prozo kaj laste la dramo. Ne hazarde ankoraŭ nun, post pli ol jarcenta ekzisto de la Lingvo Internacia, la Esperanta dramo postsekvas la evoluon de la Esperantaj liriko kaj prozo.

Provoj en la Esperanta dramo ne mankas, eĉ elstaraj Esperanto-verkistoj kiel Edmond Privat, Julio Baghy, Marjorie Boulton kontribuis al la originala Esperanto-dramo, tamen ni ankoraŭ ne povas paroli pri signifaj dramverkoj en Esperanto.

La kialoj pri la malrapida evoluo de la

Esperanta dramo estas pluraj kaj unu el ili laŭ mi estas la manko de Esperantaj teatroj, pro kio la dramverkistoj ne havas stimulon verki.

Vere, ke dum la jarcenta historio de nia movado aperis kelkaj Esperantaj teatraj trupoj, kiuj lasis spurojn en la historio de nia originala kaj unika kulturo, sed ili preskaŭ ne stimulis la originalan draman verkadon.

Tiuj ĉi teatroj preferis prezenti en Esperanto konatajn dramverkojn el la monda literaturo kaj tiel neglektis unu el la plej gravaj roloj de la teatro. Iliaj reĝisoroj forgesis aŭ tute ne interesiĝis pri la fakto, ke kiam en Eŭropo formiĝis la nacioj, la plej gravan rolon ludis la teatroj kaj la dramoj, kiujn ili prezentis, kvankam neperfektaj, eĉ naivaj, ili senerare respondis al la postuloj de la epoko kaj respegulis la plej gravajn, la plej aktualajn problemojn.

Ĝuste tion ne komprenis la Esperanto-teatroj. Preskaŭ ĉiuj aŭ deziris popularigi naciajn dramverkojn pere de Esperanto kiel dum longaj jaroj faris la Esperanto-teatroj el Bulgario, Pollando, Hungario kaj Francio, aŭ ili celis rapidan popularecon per naivaj, sed konataj komedioj de la monda literaturo, prezentante ilin en Esperanto.

Ne hazarde, kiam d-ro Giorgio Silfer recenzante la teatran prezenton de Bulgara Esperanto-Teatro "La Gastejestrino" de Carlo Goldoni en "Literatura Foiro" 1992/133 p. 36-37 emfazas, ke: "La Torina enscenigo, kun ĉiuj siaj meritoj, flosas svelte kiel veltabulo sur la Nigra Maro, plenumas la miraklon de amuzo tra kompreneblo, sed kondukas nenien: bela drivo, punkto.

Kaj tie aperas la dua ĝenerala demando: kial certa aŭtoro, certa dramo en Esperanto? Kial Goldoni en verda livreo? Kia Sofoklo en verda hitono? Kial Goethe en verda mantelo? Antaŭ la enscenigo de tradukita teatrajo necesus difini kion tiu dramo povas signifi por transnacia publiko, kiaj estas la transnaciaj valoroj emfazeblaj en ĝi, ekzemple. Ĉu ekzistas verda binoklo por spekti "La Gastejestrino"?"

Por plenumi sian avangardan rolon en la Esperanta kulturo, Esperanto-teatro devas respondi al la bezonoj de la Esperanta socio. La instruado de la lingvo estas multe pli alloga kaj multe pli facila, kiam en la instruproceso estas uzataj etaj dramverkoj, skeĉoj, komedioj. Tiamaniere nesenteble, ludante oni alproprigas ne nur la modelan precizan lingvon, sed same la vivan parolan lingvon, esprimitan en vigla dialoga formo.

Esperanto-socio ankoraŭ estas malgranda, limigita kaj bedaŭrinde fermita. Malgraŭ ke Esperanto estas parolata en multaj landoj, sur preskaŭ ĉiuj kontinentoj, la esperantistoj plej ofte renkontiĝas, kolektiĝas en etaj grupoj. La homoj, kiuj apartenas al tiuj ĉi grupoj kaj societoj estas ligitaj de komuna celo - la Lingvo Internacia. Tiuj ĉi homoj ofte sentas bezonon kune pasigi kelkajn agrablajn horojn kaj unu el la plej malnovaj amuzoj estas la teatro.

La teatra apliko de Esperanto ŝajnas la plej natura, la plej taŭga ekzisto de la lingvo. La teatra arto estas fermita pro la lingvaj baroj kaj nur dank'al internacia lingvo kiel Esperanto ĝi povas venki tiujn ĉi barojn kaj fariĝi vere internacia.

Nia movado bezonas ne grandajn teatrajn trupojn, kiuj prezentas imponajn spektaklojn en Esperanto, sed malgrandajn trupojn el du, tri aŭ maksimume kvar geaktoroj, kiuj prezentu originalajn unuaktajn aŭ duaktajn komediojn, dramojn, skeĉojn.

La ekzisto de tiuj ĉi teatraj trupoj, kiuj devas

esti pli multaj kaj en diversaj landoj kaj urboj, stimulos la Esperanto-verkistojn krei originalajn dramverkojn. Iom post iom aperos verkoj, kiuj enhave estos ligitaj al la problemoj de la Esperanto-socio. Iliaj temoj estos el la historio de la Esperanto-movado, en kiu tute ne mankas dramaj konfliktaj momentoj. La Esperanto-dramverkistoj pritraktos problemojn el la nuntempa Esperanto-socio kaj tiel nature estos kreita la Esperanto-teatro, kiu enhave kaj esence estos vere Esperanta kaj ne nur esperantlingva aŭ, kiel diris d-ro Giorgio Silfer, teatro en verda livreo, en verda hitono aŭ en verda mantelo.

Kompreneble tiu ĉi proceso estos malrapida kaj longdaŭra. La naskiĝo de similaj etaj teatraj trupoj ne estas facila, tamen provoj ne mankas. Antaŭ du jaroj en Sofio aperis teatra trupo "Fokuso", konsistanta el tri geaktoroj, kiuj dum du jaroj surscenigis tri dramverkojn kaj faris plurajn prezentojn en diversaj bulgaraj urboj.

La agado de "Fokuso" estis eksperimenta, sed ĝi montris, ke tio estas la natura vojo de la vera Esperanto-teatro.

La nuna Esperanto-socio bezonas la teatron kaj mi opinias, ke estonte la Esperanta teatro ludos pli gravan kaj pli signifan rolon. Estas malfacile antaŭvidi la vojon de ĝia evoluo, sed certe ĉiam estos aŭtoroj, kiuj verkos dramverkojn en Esperanto, geaktoroj, kiuj emos ludi ilin kaj publiko, kiu deziros spekti ilin.

Julian Modest

Sofio, la 31-an de oktobro 1992.

영원하고 필요한 연극(수필)

연극은 가장 종합적인 예술 중 하나입니다. 그것은 문학, 음악, 춤, 그림을 포함합니다. 극작가, 배우, 감독, 작곡가, 물론 시청자가 필요합니다. 연극은 배우나 관객 없이는 존재할 수 없습니다. 문명의 발달을 나타내는 사회적 현상입니다.

무대 위, 장식들 사이, 다양한 색의 조명 아래서 만들어지는 세계에 마법 같은 무언가가 있습니다. 극장은 깊은 적막과 어둠에 잠기며 객석 앞, 무대 위에서 인간 드라마가 펼쳐집니다. 그곳에서 사람들은 움직이며, 사랑하고 미워하고, 믿고 배신합니다. 작은 무대 공간에서 모든 삶이 진동하고 우리는 단순히 보는 것이 아니라 참여하고 경험하고 다른 사람들과 공감하거나 싫어합니다. 우리는 이 위대한 게임에 매혹되어 두 시간 동안 모든 삶은 비슷한 이해할 수 없는 게임이라는 것, 매일의 삶이 우리를 비슷한 비극적이거나 희극적인 상황으로 끌어들인다는 것을 잊고 있습니다. 그리고 무대 위의 배우들처럼 지혜롭든 어리석든 똑같이 행동하고, 사랑하고 미워하고, 충성하든 마지못해 누군가를 배신합니다. 예, 인생도 연극이지만 우리는 항상 그것을 보거나 이해하고 싶지는 않습니다.

인생에서 우리는 진지하고 아마도 필요 이상으로 진지하지만 언극에서는 재미 있고 즐거움을 느끼고 화를 내거나 웃지만 이것이 재미 있고 즐거운 게임이라는 것을 무의식적으로 알고 있습니다.

연극은 삶을 해석하지만, 그 자체는 실생활이 아닙니다. 연

극은 우리를 즐겁게 할 뿐만 아니라 우리에게 영향을 미치
며 그것이 연극의 가장 근본적인 의미입니다.

항상 문명이 발전하는 동안 사람들에게 영향을 미치는 수단
은 매우 중요했습니다. 인류는 종교, 웅변술 등 다양한 영
향력의 수단을 끊임없이 찾고 적용했지만 가장 강력한 것
중 하나가 연극이라는 것이 분명해졌습니다.

무대에서 인간 자아의 가장 깊은 층으로 즉각적이고 직접적
으로 침투하여 생각과 감정에 상당한 영향을 미칠 수 있습
니다.

사회의 인간 균형과 상황에 대한 정상적인 적응은 인간 세
계 인식 상태에 달려 있습니다. 바로 이러한 이유로 연극의
역할은 인간의 세계 인식에 직접적인 영향을 미치기 때문에
매우 중요합니다. 관객인 사람은 연극 작품을 경험하고 그
가 그것을 더 강하게 경험할수록 연극 작품은 시청자가 연
극 작품을 생각하고 평가하는 개인적인 기억, 상상, 친밀한
경험으로 더 깊이 끌어들입니다.

그러나 시청자가 항상 이러한 영향을 느끼는 것은 아닙니
다. 연극 사양 덕분에 영향이 신중하고 미묘하기 때문입니
다. 무대에서 사람들은 일반적인 공식, 잘 알려진 생각, 진
부한 표현, 기성 결론을 듣지 못하지만 섬세하게 생각하고
명상하도록 권장되며 관객 스스로 결론을 도출합니다. 이것
은 연극의 가장 중요한 특징입니다. 그것은 감정을 나타내
지 않고, 감정을 불러일으키고, 관객으로 하여금 반응하게
만들고, 이 반응을 기반으로 연극이 영향을 미칩니다.

연극에서 가장 중요한 역할 중 하나는 극작가의 역할입니
다. 비극이든 드라마든 희극이든 연극 작품에서 가장 중요

한 것은 하위 텍스트입니다. 작가는 모든 것을 말하지 않고 힌트만 줍니다. 그는 언어의 마법을 통해 스스로 결론을 내리고 생각을 얻도록 시청자의 관심을 문제의 핵심으로 인도합니다.

시청자는 무대에서 벌어지는 줄거리의 목격자일 뿐만 아니라 거기에 적극적으로 참여합니다. 쇼에서 그는 생각하고, 경험하고, 반응하고, 출연자의 반응을 예상하고 자신이 비슷한 상황에 처했을 때 어떻게 반응할지 결정하려고 노력합니다. 연극 예술에서 가장 적극적인 참여자가 감독도 배우도 아닌 관객이라는 것은 우연이 아닙니다.

감독과 배우들은 자신이 무엇을 노리는지, 어떤 일이 벌어질지 알고 시청자들의 반응을 이끌어내는 것을 목표로 합니다.

연극 공연의 가장 큰 장점은 지금, 이 장소, 이 순간에 이루어진다는 점입니다. 가사와 시는 우리를 추억으로 되돌려줍니다. 그것은 우리가 한 번 느끼고 겪었던 감정, 경험을 일깨워줍니다. 산문 : 단편 소설, 소설은 사건의 자연스러운 경로를 따르고, 설명하고, 사건을 유발한 이유를 보여주고, 사건을 과거 사건과 연결하고, 사건에 참여하는 사람들을 묘사하고, 특징을 제시하고, 심리적 반응을 보여줍니다. 하지만 연극 공연에서는 모든 것이 지금 우리 눈앞에서 발생합니다. 참가자인 배우가 즉시 반응해야 하는 상황이 발생하고, 반응 중에 특징과 세계관이 드러납니다.

관객도 같은 방식으로 반응하고 상황 속으로 빨려 들어갑니다. 생각과 감정이 깨어나고 눈에 띄지 않게 연극이라고 하는 이 게임에 휩싸입니다.

자멘호프 박사는 국제어를 시작했을 뿐만 아니라 이 언어로 최초의 문학 작품을 만들겠다는 기발한 생각을 가지고 있었습니다. 자멘호프는 이미 에스페란토의 새벽에 연극의 중요한 역할을 알고 있었다고 생각합니다. 그는 언어가 인간 관계뿐만 아니라 언어의 모범을 듣고 인식할 수 있는 무대에서도 살아 숨쉬고 있음을 잘 이해했습니다.

지금까지 에스페란토 문학에 대해 여러 번 강의해야 할 때 자멘호프 박사가 극작물을 에스페란토로 번역하여 구어의 예를 들었다고 강조했는데, 이제 자멘호프가 세계에서 가장 저명한 극작가의 대본들을 번역만 한 것이 아니라 그는 연극의 역할을 잘 이해하고 있었고 무대에서 직접 언어의 경로가 더 짧고 훨씬 더 효과적이라는 것을 알고 있었다는 생각이 들기 시작했습니다.

비알리스토크에서 온 이 청년은 정말 똑똑했습니다. 그는 아주 일찍부터 사회의 법칙을 이해했고 언어를 통해서만 세계에 대한 인간의 인식에 가장 효과적으로 영향을 미칠 수 있다고 오류 없이 결론을 내렸고 아마 직감적으로 자멘호프는 이러한 영향을 미치는 가장 큰 자원 중 하나가 연극이라는 것을 이해했을 것입니다.

자멘호프 박사는 최초의 에스페란토 작가들이 희곡을 쓰도록 격려하기 위해 노력했습니다. 그가 셰익스피어의 "햄릿", 고골의 "검찰관", 쉴러의 "군도" 등과 같은 세계 문학의 가장 위대한 극작물을 에스페란토로 번역한 것은 우연이 아닙니다.

그러나 원래의 에스페란토 문학은 모든 민족 문학의 발전이라는 자연스러운 길을 따랐습니다. 처음에는 가사가 등장하고 발전했으며, 그 다음에는 산문, 마지막으로 드라마가 등장했습니다. 국제어가 존재한 지 한 세기가 넘은 지금도 에스페란토 가사와 산문의 발전을 에스페란토 드라마가 따르는 것은 우연이 아닙니다.

에스페란토 드라마에 시도가 부족하지 않고, 에드몽 프리바, 율리오 바기, 마조리 불턴과 같은 저명한 에스페란토 작가들도 원작 에스페란토 드라마에 기여했지만 에스페란토에서 중요한 드라마 작품에 대해서는 여전히 이야기할 수 없습니다.

에스페란토 드라마가 더디게 발전하는 이유는 여러 가지가 있는데 그 중 하나가 에스페란토 극장의 부족이라고 생각합니다. 그 때문에 극작가는 글을 쓸 인센티브가 없습니다.

100년에 걸친 우리 운동의 역사에서 에스페란토 극단이 몇 개 나타나 우리 고유의 독창적인 문화사에 자취를 남긴 것은 사실이지만, 이들이 독창적인 극작 활동을 고취하기는 어려웠습니다.

이 극장들은 세계 문학에서 잘 알려진 극작물을 에스페란토로 표현하는 것을 선호했기 때문에 극장의 가장 중요한 역할 중 하나를 간과했습니다. 그들의 감독들은 유럽에서 국가가 형성되었을 때 가장 중요한 역할은 극장과 비록 불완전하고 천박하기까지 했지만 시대적 요구에 한치의 오차도 없이 부응했고 가장 중요하고 현재의 문제를 반영해서 그들이 상영한 드라마라는 사실을 잊었거나 전혀 관심이 없었습니다.

이것이 바로 에스페란토 극장이 이해하지 못한 것입니다. 거의 대부분이 불가리아, 폴란드, 헝가리, 프랑스의 에스페란토 극장이 수년 동안 그랬던 것처럼 에스페란토를 통해 민족극을 대중화하고 싶었거나, 순박하지만 잘 알려진 세계 문학 코미디로 빠른 인기를 노리고 이들을 에스페란토로 선보였습니다.

기오르기오 실퍼 박사가 불가리아 에스페란토 극단의 카를로 골도니 작품 "안주인"이라는 연극 공연을 "문학 박람회" 1992/133 p.36-37에서 비평하면서 다음과 같이 강조한 것은 우연이 아닙니다.

모든 장점을 지닌 토리노 무대는 흑해의 범선처럼 날렵하게 떠 있고 이해력을 통해 재미의 기적을 행하지만 좋은 공연이나 기간 등 아무데도 이르지 못합니다.

그리고 두 번째 일반적인 질문이 나타납니다. 왜 특정 저자, 특정 드라마가 에스페란토로 되어 있습니까? 왜 골도니가 녹색 제복을 입나요? 녹색 가운에 어떤 소포클레스? 녹색 외투를 입은 괴테는 왜? 번역된 연극을 상연하기 전에 그 드라마가 초국적 관객에게 무엇을 의미할 수 있는지, 예를 들어 그 드라마에서 강조할 수 있는 초국적 가치는 무엇인지 정의하는 것이 필요할 것입니다. "안주인"을 보려고 녹색 쌍안경이 있나요?"

에스페란토 문화에서 선구적인 역할을 수행하기 위해 에스페란토 연극은 에스페란토 사회의 요구에 부응해야 합니다. 언어 교육은 교육 과정에서 작은 연극, 촌극, 코미디가 사용될 때 훨씬 더 매력적이고 훨씬 쉽습니다. 이런 식으로 놀이할 때 눈에 띄지 않게 모델의 정확한 언어뿐만 아니라 생생한 대화 형식으로 표현된 생생한 구어를 전유합니다.

에스페란토 사회는 여전히 작고 제한적이며 불행히도 폐쇄

적입니다. 에스페란토가 많은 나라, 거의 모든 대륙에서 사용된다는 사실에도 불구하고, 에스페란티스트들은 소그룹으로 가장 자주 만나고 모입니다. 이러한 그룹과 사회에 속한 사람들은 국제어라는 공동의 목표에 묶여 있습니다. 이 사람들은 종종 함께 즐거운 시간을 보낼 필요성을 느끼며 가장 오래된 오락 중 하나는 극장입니다.

에스페란토의 연극적 적용은 에스페란토의 가장 자연스럽고 가장 적절한 존재인 것 같습니다. 연극 예술은 언어 장벽으로 인해 닫혀 있으며 에스페란토와 같은 국제 어 덕분에 이러한 장벽을 극복하고 진정으로 국제적이 될 수 있습니다.

우리 운동은 에스페란토로 인상적인 공연을 선보이는 대규모 극단이 아니라 독창적인 1막 또는 2막 코미디, 드라마, 촌극을 선보이는 2명, 3명 또는 최대 4명의 배우로 구성된 소규모 극단을 필요로 합니다.

더욱 많은 다른 나라와 도시에서 있어야 할 이런 극단의 존재는 에스페란토 저자들에게 독창적인 극작물을 창조하도록 자극할 것입니다. 에스페란토 사회의 문제와 연결되는 내용을 담은 작품들이 조금씩 등장할 것입니다. 그들의 주제는 에스페란토 운동의 역사에서 나올 것인데, 거기에는 극적인 갈등의 순간이 끊이지 않습니다. 에스페란토 극작가들은 현대 에스페란토 사회의 문제들을 다루게 될 것이며, 그리하여 자연히 에스페란토 연극이 만들어질 것이며, 기오르기오 실퍼 박사가 말했듯이 에스페란토로 말하거나 녹색 제복, 녹색 가운 또는 녹색 외투를 입은 연극이 아니라 내용과 본질에 있어서 진정한 에스페란토가 될 것입니다.

물론 이 과정은 느리고 길 것입니다. 비슷한 소극단의 탄생이 쉽지는 않지만 시도가 부족하지도 않습니다. 2년 전, 3명의 배우로 구성된 극단 "중심"이 소피아에 생겼으며, 2년 동안 3개의 연극을 상연하고 불가리아의 여러 도시에서 여러 차례 공연을 했습니다.

"중심"의 활동은 실험적이었지만 이것이 진정한 에스페란토 연극의 자연스러운 길임을 보여주었습니다.

현재의 에스페란토 사회는 극장을 필요로 하고 있으며 앞으로 에스페란토 극장이 더 중요하고 의미있는 역할을 하게 될 것이라고 생각합니다. 그 발전의 길을 예견하기는 어렵지만, 에스페란토로 극적인 작품을 쓸 작가들, 그것을 연기하고 싶어할 배우들, 그리고 그것을 보고 싶어하는 관객들은 분명히 항상 있을 것입니다.

율리안 모데스트
소피아, 1992년 10월 31일.

DRAMOJ

La dramo estas kiel amo, por ĝi necesas juno, forto, sano.

Laŭ Alexandre Dumas-filo

드라마

드라마는 사랑과 같아서 젊음, 힘, 건강이 필요합니다.

아들 알렉산더 뒤마에 따르면

PLUVVESPERO

ROLANTOJ:
Li – Mikaelo
Ŝi – Anĝelina

UNUA PARTO

La scenejo prezentas negrandan ĉambron, en kiu videblas libroŝranko, tablo, kanapo, televidilo... Kiam la publiko komencas eniri la teatran salonon, Anĝelina jam estas sur la scenejo. Ŝi sidas sur la kanapo, pli ĝuste ŝi, surhavanta dikan puloveron, kuntiriĝis en la angulo de la kanapo kaj televidas. Iom post iom la spektantoj plenigas la teatran salonon kaj kiam ĝi jam preskaŭ plenas, Anĝelina ekstaras, iras al la televidaparato kaj malŝaltas ĝin. Kelkajn sekundojn ŝi staras en la mezo de la scenejo, poste iras al la libroŝranko, prenas iun libron, supraĵe trafoliumas ĝin kaj remetas ĝin en la libroŝrankon. Ŝi faras kelkajn sencelajn paŝojn.

Subite aŭdiĝas akra sonoro. Anĝelina kvazaŭ ŝtoniĝus. Ŝi restas tiel kelkajn sekundojn. La sonoro ripetiĝas. Lante ŝi ekiras al la pordo.

- 26 -

Ekster la scenejo aŭdiĝas:

Li: Bonan vesperon.

Ŝi: Bonan vesperon.

Li: Ĉu vi ne invitos min?

Ŝi: (seke) Bonvolu.

(La ĉambron eniras tridek kvin, tridek ses-jara viro. Post li eniras Anĝelina. La viro ekstaras en la mezo de la ĉambro kaj atente trarigardas ĝin.)

Ŝi: Kial vi venis?

Li: Por vidi vin...

Ŝi: Post unu jaro?

Li: Jes.

Ŝi: Se vi forgesis ion, prenu ĝin...

Li: Tiam mi prenis nenion... vi scias...

Ŝi: Kaj...

Li: Mi devas ion diri al vi...

Ŝi: Diri... Ĉu dum kvinjara familia vivo ni ne diris ĉion unu al la alia? Kion pli diri...
Ni diris ĉion!

Li: Krom tio...

Ŝi: Plu nenion komunan ni havas...

Li: Ja ni kune...

Ŝi: Ĉu mi devas vin brakumi, kisi...

Li: Ne, sed ni kune loĝis kvin jarojn.

Ŝi: Kaj?

Li: Ni manĝis ĉe sama tablo, dormis en sama lito...

Ŝi: Kiel kortuŝe! Mi ne sciis, ke vi tiel sentimentalas. Se vi bedaŭras pri la lito, pri la tablo - prenu ilin.

Li: Ni havis belajn rememorojn...

Ŝi: La rememoroj ne interesas min. Mi ne bezonas rememorojn!

Li: Sen rememoroj ne eblas...

(Li proksimiĝas al la libroŝranko kaj de ĝia breto prenas etan nigran amforon. Kelkajn sekundojn li tenas ĝin mane.)

Li: Ĝi teneras kaj fragilas, ne parolas, sed kiam mi alrigardas ĝin, tuj rememoras varmegan majan tagon. Tiam mi revenis el Greklando kaj donacis ĝin al vi.

(Li remetas la amforon sur ĝian lokon.)

Ŝi: Ĉu? Mi ne memoras. Bone, ke vi rimarkis ĝin. Ja mi ne bezonas ĝin.

(Ŝi proksimiĝas al la libroŝranko, prenas la amforon kaj ĵetas ĝin planken. Aŭdiĝas bruo de rompitaj pecoj.)

Li: Delonge vi devis fari tion.

Ŝi: Neniam estas malfrue.

Li: Ŝajne mi neniam tiel kruelis.

Ŝi: Vi estis ĉiam atentema, kara kaj afabla. Tiel afabla, ke mi eĉ frostotremis...

Li: Nun mi aŭdas tion.

Ŝi: Ĉar vi nur aŭdis, vidis, sed ne sentis.

Li: Iuj ne vidas, aliaj ne aŭdas kaj mi ne sentis. Verŝajne tiel mi naskiĝis.

Ŝi: Malfacilas loĝi kun iu, kiu ne kapablas senti.

Li: Tuj vi devis diri tion kaj ne atendi kvin jarojn.

Ŝi: Mi atendis la miraklon.

Li: Mirakloj ne okazas.

Ŝi: Mi jam scias, ke nenio dependas de ni. Nenio!

Li: Vi eraras.

Ŝi: Kion ni povis fari? Kion ni povis ŝanĝi? Por vi plej gravis la kariero, por mi ‒ havi infanon! Kaj ni ambaŭ ne sukcesis! Almenaŭ mi ne sukcesis!

Li: Tial vi divorcis...

Ŝi: Jes, por ke oni ne riproĉu min, ke mi ne povas naski...

Li: Vi scias, neniam mi riproĉis vin.

Ŝi: Ĝuste tial mi frostotremis. Mi frostis kiel en grandega, luksa malvarmujo, ĉar vi ĉiam estis kara kaj afabla kiel patro al sia malsana, nekuracepla infano.

Li: Mi ne deziris, ke vi suferu.

Ŝi: Tamen mi suferis, terure mi suferis, vidante, ke vi ŝajnigas vin naivulo kaj vi atendas nur la momenton, kiam mi diros al vi: "Ni havos infanon!" Senpacience vi atendis ĉi momenton, kiel nenion alian. Konfesu, ĉu ne estis tiel?

Li: Ŝajne vi mem fermis vin en tiu ĉi malliberejo kaj vi ne emis ĝin forlasi.

Ŝi: Jes, sed la gardisto de tiu ĉi malliberejo estis vi kaj via atendo, via longa, turmenta atendo de la momento, en kiu mi devus diri: "Ni havos infanon!".

Li: Ĉesu!

Ŝi: Eble vi forgesis viajn koŝmarajn sonĝojn?

Li: Koŝmarajn sonĝojn? De kie vi elpensis tion?

Ŝi: Vi vekiĝis ŝvita, skuita de infana ploro...

Li: Mi petas vin.

Ŝi: Konfesu! Ĉu okazus io, se vi konfesus? Ĉio jam finiĝis. Ni delonge eksedziĝis.

Li: Ne indas paroli pri tio.

Ŝi: Ne! Ni devas paroli, ĉar tiam vi silentis kaj nur sonĝe vi ripetis unu saman frazon. Vi flustris: "Kial vi ne dormas, filo mia, kial vi ne dormas, filo mia?" Tiam ege mi deziris vin demandi kia estas tiu knabo, kiun vi sonĝas - Ĉu nigrokula kiel vi, aŭ bluokula kiel mi?

Li: Vi mensogas! Vi neniam aŭdis min diri tion kaj ne mi, sed vi sonĝis, ĉar centfoje pli ol mi vi deziris tiun ĉi infanon.

Ŝi: Mi ne mensogas.

Li: Vi scias bone - mi sonĝe ne parolas. Mi neniam menciis, sed nun ne gravas: mi ne sonĝas. Mi ne scias kio estas sonĝi etan nigrokulan aŭ bluokulan knabon. Tamen se vi ĝin sonĝis, mi envias vin. Jes, mi envias vin.

Ŝi: Mi devas vin envii. Ja nenio maltralnkviligas vian profundan sonĝon!

Li: Vi bezonis tiun sonĝon, por ke ĝi trankviligu vin, sed vi ne kulpas. Neniel vi kulpis, ke ni ne povis havi infanon.

Ŝi: Jes, mi bezonis tiun sonĝon, tial mi elpensis ĝin. Mi deziris, ege mi deziris, ke ni havu filon, kiu ploru nokte kaj kun etenditaj brakoj veku vin de la plej profunda via sonĝo.

Li: Mi deziris same, sed mi sciis, ke ne eblas.

Ŝi: Mi kredis, kredis, ke tiu ĉi infano venos, ke ĝi prenos nin mane kaj proksimigos nin unu al la alia. Tamen ĝi ne deziris veni kaj mi devas ne al mi, ne al vi, sed al ĝi koleri.

Li: Ĉesu! Akceptu ĉion kiel estas. Turmentas la disiĝoj, sed kion ni faru. Tiam ni devis tiel agi kaj ni agis. Ni bone sciis kion ni entreprenis kaj neniun ni devas riproĉi pri tio.

Ŝi: Jes.

Li: Tiam vi estis ege nervoza. Mia ĉeesto incitis vin. Se mi sidis legi, prepari miajn lekciojn por la Universitato, vi tuj proponis, ke ni eliru. Se ni gastis al konatoj - vi deziris, ke ni tuj revenu hejmen. Vi mem konsciis, ke tiel ni ne plu povus vivi.

Ŝi: Jes, tiel mi ne plu povis loĝi kun vi.

Li: Vi mem deponis la divorcpeton kaj aranĝis ĉiujn formalaĵojn.

Ŝi: Mi devis fari tion, por ke mi trankviliĝu, por ke mi ne aŭdu, kiam iu sonĝe flustras: "Kial vi ne dormas, filo mia, kial?".

Li: Ĉesu!

Ŝi: Pardonu min. Vi venis ion gravan diri al mi kaj mi okupas vin pri elpensitaj sonĝoj, elpensitaj voĉoj kaj pri iu knabo, kiu neniam naskiĝos, kiu restos en la eterneco kaj neniam ni vidos ĉu li nigrokulas aŭ bluokulas.

Li: Ĉesu! Mi petas vin!

Ŝi: Jes, jes, pardonu min, eble mi ankoraŭ ne trankviliĝis, aŭ verŝajne mi iĝis pli nervoza, mi ne scias. Pardonu min, sed mi ne demandis de kie vi venas, Ĉu vi malsatas, soifas...

Li: Ne. Mi baldaŭ foriros.

Ŝi: Kien vi rapidas. Estas la oka. Tuj ni vespermangos. Mi kuiros ovojn kun fungoj, mi scias, vi tre ŝatas ovojn kun fungoj. Hodiaŭ hazarde mi aĉetis bonegajn fungojn. Mi kuiros ilin ĝuste tiel kiel via patrino, kiam ni kune gastis al ŝi. Ĉu vi memoras, tie, en via korto, estis erinaco, Vespere, kiam ni vespermanĝis ekstere, sub la branĉoj de la olda pirarbo, la erinaco lante elpaŝis el la arbustaro kaj proksimiĝis al la tablo por serĉi iun mangaĵon. Ĉu vi memoras?

Li: Jes.

Ŝi: Kiel vi opinias, ĉu soleca estis tiu erinaco? Eble ĝi estis erinacpatrino kaj venis serĉi mangaĵon por siaj idoj.

Li: Strangaj demandoj.

Ŝi: Jes, strangaj demandoj. Tiam mi tute ne

pensis pri la erinaco. Ni sidis ĉe la tablo,
sub la branĉoj de la olda pirarbo, vi, mi,
viaj gepatroj, ni vespermanĝis. Estis
profunda silento. De la proksima
pinarbareto alflugis febla vento, vi metis sur
miajn ŝultrojn vian jakon kaj mi ne kuraĝis
ekmoviĝi, por ke mi ne timigu la erinacon,
kiu lante, peze proksimiĝis al la tablo.

Li: Mi ne komprenas vin. Ja vi diris, ke la
rememoroj vin ne interesas.

Ŝi: Jes. Min interesas nur tiu erinaco. Ĉu ĝi
ankoraŭ vivas tie, en la arbustaro? Ĉu ĝi
solas aŭ havas etajn erinacojn? Diru, mi vin
petas, ĉu la erinaco ankoraŭ estas tie?

Li: Post la forpaso de paĉjo, panjo transloĝiĝis
al mia fratino kaj preskaŭ tutan jaron mi
ne estis tie.

Ŝi: La vespermanĝo tuj pretos. Atendu iomete.
(Ŝi eliras. Li restas sola. Iom post iom la lumo
sur la scenejo estingiĝas kaj en la salono
eklumas.)

DUA PARTO

(Ŝi kaj li sidas ĉe la tablo. Ĵus ili komencis vespermanĝi.)

Ŝi: Kion ni trinkos? Aperitive mi havas vodkon, konjakon, aŭ ni trinku vinon. Estas ruĝa vino.

Li: Vi scias - mi ne drinkas.

Ŝi: Ne. Ni devas trinki, almenaŭ glason da io. Kiam ni loĝis kune, malofte ni estis en restoracio. Foje, eble la duan jaron post la geedziĝo, ni estis en Burgas, ni vespermanĝis en Kazino, en la ĉemara ĝardeno. Nur tie mi vidis vin fortrinki du glasojn da vodko. Eĉ nun mi demandas min, kio okazis kun vi tiam?

Li: Mi ne scias.

Ŝi: Verŝajne por vi ne estas agrable, ke mi parolu pri erinacoj, pri maraj ĝardenoj kaj tiel plu. Ĉu ne?

Li: Ne estas senco, vcrc... Ĉio restis en la pasinteco.

Ŝi: Vi pravas. Kial ni maltrankviligu la pasinton. Ni rigardu la estonton, ĉu ne?

Li: Jes...

(Ŝi ekstaras kaj elprenas el la malvarmujo

botelon da vino kaj donas ĝin al li.)

Ŝi: Bonvolu malfermi ĝin.

(Li malfermas la botelon kaj plenigas la glasojn.)

Ŝi: Dankon. Je via sano. Kion mi bondeziru al vi?

Li: Vi jam bondeziris...

Ŝi: Ĉu?

Li: Vi diris: "Je via sano", do mi estu sana. Tio plej gravas.

Ŝi: Kaj kion vi bondeziros al mi?

Li: Vi same estu sana.

Ŝi: Dankon. Ĉu vi ne bondeziros al mi feliĉon en la vivo?

Li: Jes. Estu sana kaj feliĉa.

Ŝi: Dankon. Kiel ĉiam - vi afablas, atentemas. Ĉu vi scias, ke tiel, sidantaj unu kontraŭ alia, mi havas la senton, ke ni estas en la plej luksa monda restoracio. Nur ni en vasta salono kun grandegaj speguloj kaj de ie alflugas softa melodio.

Li: Mi ne supozis, ke dum unu jaro via imago tiom multe riĉiĝis.

Ŝi : Ĉu vi ne ĝojas. Dum unu jaro ĝi povus malriĉiĝi, aŭ por vi tutegalas.

Li: Hm...

Ŝi: Ne diru. Mi vidas. Por vi tute egalas. Kian

muzikon vi preferas?

Li: Tutegalas.

Ŝi: Mi povus diveni la respondon. Tamen vi
estas mia gasto. Vi aperas subite en mia
loĝejo post tuta jaro kaj mi devas renkonti
vin kiel afabla dommastrino. Mi devas fari
ĉion eblan, por ke vi fartu bone. Diru
tamen, kian muzikon vi preferas? Via
magnetofono kaj viaj kasedoj ankoraŭ estas
ĉi tie, netuŝitaj. Eble "Pluvvespero"?

Li: Eble.

(Ŝi ekstaras, elektas la kasedon kaj ŝaltas la
magnetofonon.)

Ŝi: Ŝajnas al mi, ke ĝi plej konvenas. Ekstere la
pluvo plifortiĝas. Jes, mi divenis kial vi
venis aŭ pli ĝuste kial vi enkuris ĉi tien
tute neatendite. Verŝajne vi preterpasis mian
loĝejon, kiam ekpluvis. Vi ne havis
ombrelon kaj subite vi decidis veni vidi
min, ĉu ne?

Li: Kiam mi venis, ankoraŭ ne pluvis.

Ŝi: Sed povus subite ekpluvi. Kial vi ne deziras
mensogi min? Neniam vi mensogis min. Iam
tamen tre agrablas, se oni vin mensogas...

Li: Mi ne povas kaj ne ŝatas mensogi.

Ŝi: Jes, "Pluvvespero" – ni aŭdis ĝin unuan fojon

antaŭ du jaroj. Ŝajnis al mi, ke kiam mi aŭskultis ĝin, ion fatalan mi eksentis en ĝia melodio.

Torenta pluvo, friska vento.
Sub la pluvo vi kaj mi,
rapida kiso, prema sento...

Dezerta kajo, verda lumo,
trajno foras pli kaj pli...
Mi solas, solas sub la luno...

Ĝi estas bela, ĉu ne? Tamen vi ne manĝas, nek trinkas. Ĉu la kanto estas la kialo?

Li: Ne. Mi ne malsatas.

Ŝi: Sed mi petas vin, la ovojn kun la fungoj mi kuiris ĝuste tiel, kiel vi ŝatas ilin, eĉ mi metis duonpaprikon brulgustan. Vi scias, pikantajn manĝaĵojn mi ne tre ŝatas.

Li: Dankon.

Ŝi: Ni tamen imagu, ke ni estas en la plej luksa monda restoracio ĉe la bordo de Mediteraneo.

Li: Aŭ ĉe la bordo de Atlantiko.

Ŝi: Jes, nur ni ambaŭ en vasta salono kun kristalaj speguloj kaj de ie, de la fino de la salono, alflugas la softa melodio de "Pluvvespero". Post momento vi ekstaros kaj invitos min danci.

Li: Mi ne povas imagi tion.

Ŝi: Bone, mi ne koleras. Tiam bonvolu imagi, ke tio ĉi estas nia lasta vespermango. Mi legis en iu ĵurnalo, ke multaj familioj divorcas kiel amikoj, kiel bonaj konatoj kaj festas sian divorcon per lasta adiaŭa vespermanĝo. Do por ni tio ĉi estas la lasta vespermango, ĉu ne?

Li: Jes.

Ŝi: Bonege. La lasta vespermanĝo, tamen ne en luksa restoracio ĉe la bordo de Mediteraneo, sed ĉe la tablo, ĉe kiu kvin jarojn ni vespermanĝis kune. La lasta vespermanĝo kun "Pluvvespero", kiun preskaŭ tutan jaron ni aŭskultis kune, sed vi ne vespermanĝas...

Li: Pardonu min, fin-fine mi devas diri al vi kial mi venis.

Ŝi: Mi aŭskultas. Ĉu mi malŝaltu la magnetofonon?

Li: Tute egalas.

Ŝi: Bone, la muziko ne malhelpos vin, ĉu ne?

Li: Ne. (post eta paŭzo) Ni devas pripensi nian

estontan vivon, kaj vi kaj mi... Ja ni
ankoraŭ estas junaj...

Ŝi: Mi ne komprenas vin.

Li: Vere iom komplikas...

Ŝi: Jes....

Li: Ni devas solvi la problemon...

Ŝi: Se vi venis proponi al mi, ke ni komencu
denove nian vivon, mi devas pripensi, mi
ne pretas, mi ne pensis pri tio...

Li: Ne, ne. Temas pri alia komenco.

Ŝi: Vere, iam mi pensis, ke verŝajne en iu
pluvvespero vi sonorigos, vi eniros, eksidos
ĉe la tablo kaj sen demeti la mantelon, vi
diros: "Ĉu ni provu denove, ne estas
malfrue, ĉu ne?", sed sincere mi ne kredis,
ke okazos tio, mi nur imagis kiel en bela,
sed nereala songo, vi scias - mi ŝatas
sonĝi...

Li: Vi ne komprenis min. Temas, ke ni
komencu denove la vivon, sed ne kune...

Ŝi: Kiel ne kune kaj kiel denove. Ja ni bone
scias, ke ĉio finiĝis. Mi ne komprenas kion
ni komencu kaj kiel ni komencu ĝin.

Li: Bedaŭrinde nenio finiĝis, pli ĝuste inter ni
ĉio finiĝis, sed formale nenio finiĝis kaj nun
ĉio devas komenciĝi.

Ŝi: Jes, mi komprenas. Nenio povas finiĝi. Nin ligas rememoroj, homoj, objektoj, eĉ iu tute ordinara erinaco.

Li: Ne. Vi ne komprenis min.

Ŝi: Eble, sed mi sentas kion vi deziras diri...

Li: Vi eĉ ne povas supozi kaj tio estas terura...

Ŝi: Bone! Mi aŭskultas.

Li: Ni divorcis, ĉu ne?

Ŝi: Jes.

Li: Vi persone, deponis la divorcpeton.

Ŝi: Jes.

Li: Ni partoprenis tri divorcprocesojn kaj oni oficiale eksedzigis nin.

Ŝi: Jes, mi ankoraŭ ne forgesis.

Li: Ni ne havas infanon, nenion ni dividis kaj ni divorcis sen komplikaĵoj.

Ŝi: Jes, sed mi ne komprenas kial vi memorigas tion al mi, ja pasis nur unu jaro.

Li: Ĉar post la lasta divorcproceso vi ne iris en la juĝejon por preni verdikton, ĉu ne.

Ŝi: Mi ne havis tempon kaj mi ne bezonis ĝin.

Li: Mi same ne prenis ĝin tiam.

Ŝi: Do ni pensis sammaniere.

Li: Eble, sed antaŭ monato mi iris...

Ŝi: Ĉu?

Li: Kaj evidentiĝis, ke la dokumentoj pri nia

divorco malaperis.

Ŝi: Mi ne sciis, ke en la juĝejo io povas malaperi...

Li: Tre malofte, sed okazas kaj ĝuste niaj dokumentoj malaperis.

Ŝi: Ĉu vi certas?

Li: Kompreneble. Tutan monaton, preskaŭ ĉiutage mi estis en la juĝejo. Oni serĉis ilin ĉie. Fin-fine la administrantinoj kulpigis min, ke mi tute ne divorcis kaj mi serĉas dokumentojn pri iu divorcproceso, kiu ne okazis.

Ŝi: Bonege. Do ni ne divorcis. Ni ankoraŭ estas geedzoj kaj vi venis ĉi-vespere por sciigi tion al mi.

Li: Jes.

Ŝi: Mi sciis, ke vi venos...

Li: Atendu, ne rapidu...

Ŝi: Tiam mi agis stulte, sed la sorto estas kun mi. Kiel bone, ke la divorcdokumentoj malaperis! Nun tuj ni devas iri ien, en restoracion, en dancejon, ien ajn. Ni devas festi tion! Ni devas festi la malaperon de la dokumentoj!

Li: Atendu!

Ŝi: Kion mi atendu! La vivo kuras! Ni ne perdu

la ĝojajn momentojn!

Li: Mi devas ankoraŭ ion klarigi al vi, tre
gravan!

Ŝi: Vi klarigos ĝin en la restoracio. Ĉu vi havas
monon, se ne, ne maltrankviliĝu. Mi pagos!
Hodiaŭ mi riĉas, ege riĉas. Min ne interesas
ĉu mi povas havi infanon. Gravas, ke mi
havas vin. Gravas, ke vi revenis! Mi deziras
havi vin, eterne havi vin!

(Ŝi proksimiĝas al li, ĉirkaŭbrakas lin kaj deziras
kisi lin. Li provas atente eviti la kison.)

Li: Mi petas vin. Mi devas ion klarigi al vi, tre,
tre gravan.

Ŝi: Bone, bone, sed pli rapide, ni ne havas
tempon, ni malfruiĝas.

(Ŝi iras al la vestoŝranko kaj malfermas ĝin.)

Ŝi: Kiun robon mi vestu - ĉu la ruĝan, en kiu
mi estis dum la nupto de Neli, aŭ la bluan.
Eble pli bone la bluan, ja la okazo estas
festa.

Li: Lasu ĉion!

Ŝi: Sed kio okazis? Ĉu vi ne deziras, ke ni iru
ien?

Li: Ne! Aŭskultu! .

Ŝi: Bone! Kiel vi ordonas.

Li: Dum tiu ĉi jaro, kiam ni ne estis kune, pli

ĝuste kiam ni estis eksedziĝintaj... Do fakte ni ne estis eksedziĝintaj, ni nur pensis, ke ni divorcis... mi konatiĝis kun fraŭlino...

Ŝi: Kaj...

Li: Mi renkontis ŝin hazarde. Iam ni kune laboris en la Akademio de la Sciencoj, sed tiam mi preskaŭ ne konis ŝin.

Ŝi: Estu trankvila, mi ne ĵaluzos. Al ĉiu povas okazi...

Li: Jes, mi ekamis ŝin!

Ŝi: Kompreneble, kaj ŝi same vin ekamis, ĉu ne?

Li: Jes... kaj ni havos infanon...

Ŝi: Infanon! Kian infanon! Vi havos infanon de ŝi! Dio!

Li: Trankviliĝu! Mi ne deziris ofendi vin...

Ŝi: Vi havos infanon de ŝi!

Li: Jes. Mi ne povas trompi ŝin, mi devas edzinigi ŝin.

Ŝi: Ki-o-on? Vi devas edzinigi ŝin! Ĉu vi aŭdas kion vi parolas?

Li: Jes! Mi ne povas forlasi ŝin. Mi mem deziris havi infanon.

Ŝi: Vi... vi deziris havi infanon de ŝi? Ĉu vi venis diri, ke vi havos infanon, ĉu? Vi ne estas homo, vi ne estas homo!

Li: Mi petas vin. Mi venis diri al vi, ke mi ne
povas edzinigi ŝin...

Ŝi: Vere, mi nenion komprenas... Unue vi diras,
ke vi devas edzinigi ŝin kaj nun vi asertas,
ke vi ne povas edzinigi ŝin. Kion fakte vi
diras... Ĉu mi freneziĝis aŭ vi malsaniĝis...

Li: Ni ambaŭ bone fartas, tamen mi parolas ion
- vi komprenas alion...

Ŝi: Jes, denove mi kulpas kaj denove mi ne
povas kompreni vin. Eble vi deziras rakonti
ion pli pri ŝi kaj pri la infano, kiun vi
ambaŭ havos.

Li: Ne! Mi nur deziras diri, ke mi ne povas
edzinigi ŝin dum vi kaj mi ne divorcos
oficiale, ĉar en tiu ĉi momento formale ni
ankoraŭ estas geedzoj.

Ŝi: Jes, ĝuste.

Li: Se la divorcdokumentoj perdiĝis, tio signifas,
ke ni ne estas eksedziĝintaj.

Ŝi: Mi komprenas! Ne klarigu centfoje! Mi ne
estas stulta! Do kion mi devas fari?

Li: Ni devas rapide denove divorci, por ke mi
povu edziĝi kaj la infano naskiĝu en
normala familio.

Ŝi: Ĉu?

Li: Jes. Komprenu min! Mi ne kulpas, ke la vivo

faris al ni tian malican ŝercon.

Ŝi: Do mi kulpas, ĉu?

Li: Ne.

Ŝi: Tiam - kiu kulpas - ĉu la infano, kiun vi
deziris, kiun vi forte deziris?

Li: Komprenu min. Morgaŭ ni nepre devas iri
en la juĝejon kaj deponi divorcpeton! Ni ne
havas tempon!

Ŝi: Ĉu vi bone pripensis?

Li: Kion mi devas pripensi? Ĉio estas formala.
La advokato diris, ke ne estas alia solvo. Ni
devas denove divorci. La dokumentoj pri la
estinta divorcproceso senspure malaperis!

Ŝi: Sed mi ne deziras divorci.

Li: Vi ne faros tion, vi ne devas...

Ŝi: Tio estas mia persona afero. Neniu povas igi
min perforte divorci aŭ edziniĝi.

Li: Mi petas vin, komprenu, se mi ne edzinigus
ŝin, ŝi ne naskus la infanon.

Ŝi: Tiam ŝi ne amis vin vere.

Li: Por mi pli gravas, ke ĉi infano naskiĝu!

Ŝi: Mi scias! Por vi pli gravas la infano.

Li: Jes! Mi deziras, ke ankoraŭ unu infano
naskiĝu, ĉar se mi ne deziras ĝin, nevole mi
iĝus ĝia murdisto.

Ŝi: Ĝi povas naskiĝi same sen via interveno.

Li: Jes, ĝi povas naskiĝi kaj kreski sen scii kiu estas ĝia patro. Pripensu, vi ne rajtas lasi infanon sen patro. Vi ne rajtas tion!

Ŝi: Mi rajtas esti via leĝa edzino kaj mi ne deziras divorci!

Li: Ja ĉio inter ni finiĝis tiom delonge. Se mi ankoraŭ vin amas, mi ne rajtas frakasi la vivon de alia virino kaj de infano, kiu ankoraŭ ne naskiĝis.

Ŝi: Do vi pretas definitive frakasi mian vivon! Ne! Mi ne permesos tion! Neniu rajtas ludi per alies vivo! Neniu rajtas humiligi alian homon! Kiu, kiu rajtigis fari tion?

Li: Kaj kiu vin rajtigis?

Ŝi: La leĝo! Ĉar mi kaj nur mi estas via leĝa edzino!

Li: Sed estas same aliaj leĝoj - homaj!

Ŝi: Jes, sed ne por mi, ĉar la aliaj povas havi infanojn kaj mi - ne! For! For de ĉi tie! Mi ne deziras vidi vin!

Li: Komprenu min. Mi ne povas agi alimaniere. Je la nomo de la infano mi devas edziĝi!

Ŝi: For! Mi ne deziras vidi vin!

(Li foriras. Ŝi ĵetas sin sur la kanapon kaj ekploras. Post iom da tempo ŝi ekstaras, faras kelkajn paŝojn al la publiko kaj komencas lante paroli)

Ŝi: Dio, post kelkaj monatoj naskiĝos infano, krisphara, nigrokula kiel li. Eta, senhelpa infano, kiu ridetos ĝuste kiel li... Mi devas vidi tiun ĉi infanon. Mi nepre devas vidi ĝin! Mi bezonos ĉiam vidi ĝin! Mikaelo, atendu, mi petas vin, atendu!

(Ŝi forkuras. Aŭdiĝas la kanto "Pluvvespero", kiu iom post iom iĝos pli laŭta kaj pli laŭta.)

Fino

Sofio, la 13-an de januaro 1991

"PLUVVESPERO"

estis prezentita:
- la 5-an de marto 1992 en Hungara Kultura Instituto en Sofio.

Rolis Anĝelina Sotirova kaj Mihail Ferdotov.
Reĝisoro Anĝelina Sotirova.
La muzikon de la kanto komponis Nevjana Krasteva.
Kantis Rosica Kirilova.

비오는 저녁

등장인물
남 – 미카엘로
여 – 안젤리나

1부

무대에는 책장, 탁자, 소파, 텔레비전이 보이는 작은 방을 보여준다. 관객이 극장 안으로 입장하기 시작하면 이미 안젤리나가 무대에 있다. 그녀는 소파에 앉아 있는데, 더 정확히 말해 두꺼운 스웨터를 입고 소파 구석에 웅크리고 텔레비전을 보고 있다. 조금씩 관중들이 극장을 채우고 거의 꽉 찼을 때 안젤리나는 일어나서 텔레비전으로 가서 전원을 끈다. 그녀는 몇 초 동안 무대 중앙에 서 있다가 책장으로 가서 책을 집어들고 훑어본 다음 다시 책장에 넣는다. 그녀는 목적 없이 몇 걸음을 내딛는다.
갑자기 날카로운 소리가 들린다. 안젤리나는 돌로 변한 것 같다. 그녀는 몇 초 동안 그대로 있다. 소리가 계속된다. 그녀는 천천히 문을 향해 간다. 무대 밖에서 소리가 들린다.

남: 안녕하세요
여: 안녕하세요
남: 나를 초대하지 않을 건가요?
여: (건조하게) 들어오세요
(35세나 36세의 남자가 방으로 들어온다. 안젤리나가 그를

따라 들어온다. 남자는 방 한가운데 서서 조심스럽게 들여
다본다.)

여: 왜 왔어요?

남: 당신을 보려고...

여: 1년 만에?

남: 그래.

여: 잊은 게 있으면 가져가‥

남: 그때 난 아무것도 안 가져갔어... 알잖아...

여: 그리고..

남: 할말이 있어...

여: 말하자면... 5년의 결혼생활 동안 서로에게 모든 것을
   말하지 않았나요? 무슨 말이 더 필요해요..
   다 말했어요!

남: 그 외에...

여: 우린 더 이상 공통점이 없어...

남: 그래 우린 함께...

여: 꼭 안아야 하나, 뽀뽀해야 하나...

남: 아니, 하지만 5년 동안 같이 살았어.

여: 그리고?

남: 우리는 같은 식탁에서 밥을 먹었고, 같은 침대에서 잤
   어...

여: 감동적이야! 이렇게 감성적인지 몰랐어요. 침대나 식탁
   이 유감이라면 가져 가세요.

남: 좋은 추억이 있었어‥

여: 추억은 나에게 관심이 없어요. 추억 따윈 필요 없어!

남: 추억 없이는 불가능해...

(그는 책장으로 다가가 선반에서 작고 검은 항아리를 꺼낸다. 그는 그것을 몇 초 동안 손에 쥐고 있다.)

남: 부드럽고 연약해. 말은 하지 않지만 보고 있노라면 뜨거운 5월의 어느 날이 바로 떠올라. 그때 그리스에서 돌아와서 당신에게 선물했지.

(그는 항아리를 제자리에 다시 놓는다.)

여: 정말? 기억이 안나요. 알아차리셨다니 다행입니다. 결국 필요하지 않아요.

(책장으로 다가가 항아리를 집어 바닥에 던진다. 부서지는 소리가 난다.)

남: 진작에 했어야지.

여: 절대 늦지 않았어요.

남: 분명히 나는 그렇게 잔인한 적이 없었어.

여: 당신은 항상 세심하고 사랑스럽고 친절했어요. 너무 친절해서 나도 떨렸어...

남: 지금에야 들어요.

여: 듣고, 보기만 하고, 느끼지 못하니까요.

남: 어떤 사람은 보지 못하고 어떤 사람은 듣지 못하며 나는 느끼지 못했어. 나는 아마 그렇게 태어났을 거야.

여: 감각이 없는 사람과 사는 게 힘들어요.

남: 5년을 기다리지 말고 바로 말했어야지.

여: 기적을 기다리고 있었어요.

남: 기적은 일어나지 않아.

여: 나는 이미 우리에게 달려있는 것이 아무것도 없다는 것을 알아요. 아무것도!

남: 당신이 틀렸어.

여: 우리가 무엇을 할 수 있을까요? 무엇을 바꿀 수 있나요? 당신에게 가장 중요한 것은 경력이었고 내겐 아이를 갖는 것이었어요! 그리고 우리 둘 다 실패했어요! 적어도 나는 성공하지 못했어!

남: 그래서 이혼했어...

여: 예, 내가 아이를 못 낳는다고 비난받지 않으려면...

남: 알다시피, 나는 절대로 당신을 비난하지 않았어.

여: 그게 바로 내가 떨고 있었던 이유야. 나는 크고 호화로운 냉장고 안에 있는 것처럼 얼어 붙었어요. 당신은 아프고 치료할 수 없는 아이를 대하는 아버지처럼 항상 사랑스럽고 친절했기 때문에.

남: 나는 당신이 고통받는 것을 원하지 않았어.

여: 그러나 나는 당신이 순진한 척하고 "우리는 아이를 갖게 될 거야." 라고 말하는 순간만을 기다리고 있는 것을 보고 몹시 고통 받았어요. 당신은 다른 무엇보다 이 순간을 초조하게 기다렸어요. 인정하지 않나요?

남: 당신은 이 감옥에 갇혀 떠나고 싶지 않은 것 같아.

여: 예, 하지만 이 감옥의 간수는 당신과 당신의 기다림, 내가 "우리는 아이를 갖게 될 거야." 라고 말해야만 하는 순간을 길고 고통스럽게 기다리는 것이예요.

남: 그만!

여: 악몽을 꾼 꿈을 잊었나요?

남: 악몽의 꿈? 어디서 그런 생각을 했어?

여: 아이의 울음소리에 흔들리며 식은땀을 흘리며 일어났는데...

남: 부탁하는데.

여: 고백해요! 고백하면 무슨 일이라도 일어날까요? 이제 다 끝났어요. 우리는 오래 전에 이혼했잖아요.

남: 얘기할 가치도 없어.

여: 아니! 그때 당신은 침묵했고 꿈에서만 같은 문장을 반복했기 때문에 우리는 이야기해야 해요. "내 아들아, 왜 자지 않니? 내 아들아, 왜 자지 않니?" 하고 속삭였어요. 그때 당신이 어떤 소년을 꿈꾸고 있는지 정말 묻고 싶었어요. 당신처럼 검은 눈입니까, 아니면 나처럼 푸른 눈입니까?

남: 당신은 거짓말을 하고 있어! 당신은 내가 그런 말을 하는 것을 들은 적이 없고, 당신은 나보다 이 아이를 백 배 더 원했기 때문에 내가 아니라 당신이 꿈을 꾸었어.

여: 거짓말이 아니에요.

남: 잘 알잖아-난 꿈에서 말하지 않아. 나는 언급한 적이 없지만 지금은 중요하지 않아. 꿈을 꾸지 않아. 작은 검은 눈이나 파란 눈의 소년을 꿈꾸는 것이 무엇인지 몰라. 하지만 당신이 꿈을 꿨다면 부러워. 그래, 부러워.

여: 나는 당신을 부러워 해야 해요. 결국 아무것도 당신의 깊은 꿈을 방해하지 않아요!!

남: 당신은 당신을 진정시키기 위해 그 꿈이 필요했지만 그것은 당신 잘못이 아냐. 우리가 아이를 가질 수 없었던 것은 결코 당신의 잘못이 아냐.

여: 그래, 그 꿈이 필요했어요. 그래서 꿈을 생각해 냈어. 나는 밤에 울고 두 팔을 벌려 가장 깊은 잠에서 당신을 깨우는 아들이 있기를, 아주 많이 바랐어요.

남: 나도 같은 것을 원했지만 불가능하다는 것을 알았어.

여: 나는 이 아이가 올 것이라고, 그가 우리의 손을 잡고 우리를 서로 더 가까이 데려다 줄 것이라고 믿었어요. 그러나 아이는 오기를 원하지 않았고 나나 당신에게가 아니라 아이에 대해 화를 내야 해요.

남: 그만! 모든 것을 있는 그대로 받아들여. 이별은 괴롭지만 우리는 무엇을 할 수 있나? 그때 우리는 그렇게 행동해야했고 그렇게 했어. 우리는 우리가 무엇을 하고 있는지 잘 알고 있었고 그것에 대해 비난할 사람이 없어.

여: 네.

남: 그때 많이 긴장했지. 내 존재가 당신을 짜증나게 했어. 내가 앉아서 책을 읽고 대학 수업을 준비하고 있었다면 당신은 즉시 우리에게 외출하자고 했지. 우리가 친구를 방문하는 경우 – 당신은 우리가 즉시 집에 돌아오기를 원했지. 당신은 우리가 더 이상 이렇게 살 수 없다는 것을 스스로 깨달았어.

여: 네, 더 이상 당신과 함께 살 수 없었어요.

남: 당신이 직접 이혼소장을 제출하고 모든 수속을 정리했잖아.

여: 진정할 수 있도록 그렇게해야만 했어요. 꿈에서 누군가 "내 아들아, 왜 자지 않니? 왜" 하고 속삭이는 소리를 듣지 않으려고.

남: 그만!

여: 미안해요. 당신은 나에게 무언가 중요한 것을 말하러 왔는데 나는 지어낸 꿈과 지어낸 목소리, 그리고 결코 태어나지 않고 영원히 미래에 남아 검은 눈인지 파란 눈인지 결코 볼 수 없는 어떤 소년에 대해 빠져 있네요.

남: 그만! 부탁해!

여: 예, 예, 실례합니다. 아직 진정되지 않았거나 더 긴장한 것인지 모르겠어요. 죄송하지만 어디서 왔는지 묻지 않았어요. 배고프나요, 목마르세요...

남: 아냐. 곧 떠날 거야.

여: 급한 게 어딨어요. 지금 여덟시니, 우리는 곧 저녁을 먹읍시다. 버섯으로 계란을 요리할게요. 당신이 버섯과 함께 한 계란을 정말 좋아한다는 것을 알고 있어요. 오늘 우연히 좋은 버섯을 샀어요. 우리가 당신 어머니 집에 갔을 때 당신의 어머니가 했던 것처럼 그것들을 요리할게요. 당신의 마당에 고슴도치가 있었다는 것을 기억하나요. 저녁에 마당에서 식사할 때 오래된 배나무 가지 아래에서 고슴도치가 천천히 덤불에서 나와 탁자로 접근하여 무언가 먹을 것을 찾았어요. 기억 하나요?

남: 그래.

여: 어때, 그 고슴도치는 외로웠나요? 아마 어미 고슴도치가 새끼를 먹일 먹이를 찾으러 온 것 같았지요.

남: 이상한 질문이네.

여: 네, 이상한 질문이죠. 그때 나는 고슴도치에 대해 전혀 생각하지 않았어요. 우리는 탁자에 앉아 오래된 배나무 가지 아래에서 당신, 나, 당신의 부모님, 함께 저녁을 먹었죠. 깊은 침묵이 흘렀어요. 근처 소나무 숲에서 희미한 바람이 불고 당신은 내 어깨에 당신 재킷을 입혀주었고 나는 감히 움직이지 않았죠. 천천히 탁자에 다가오는 고슴도치에게 겁을 주지 않으려고.

남: 이해가 안 돼. 정말 당신은 추억에 관심이 없다고 말했

잖아.

여: 네. 나는 그 고슴도치에만 관심이 있어요. 아직도 덤불
　　속에 살고 있나요? 흰지인기요 이니면 작은 고슴도치가
　　있나요? 말해봐요, 고슴도치가 아직 거기 있나요?

남: 아빠가 돌아가신 후 엄마가 누님과 함께 이사를 가셨고
　　거의 1년 동안 거기에 간 적이 없어.

여: 저녁식사가 곧 준비될 테니 조금만 기다려요.

(그녀는 나간다. 그는 홀로 남겨진다. 무대의 불이 조금씩
꺼지고 객석에 불이 들어온다.)

2부

(여와 남은 탁자에 앉아 있다. 그들은 막 저녁 식사를 시작했다.)

여: 뭐 마실까요? 애피타이저로 보드카, 코냑을 먹거나 와인을 마셔요. 레드 와인이예요.

남: 알다시피-나는 술을 마시지 않아.

여: 아니요. 우리는 적어도 무언가 한 잔은 마셔야 해요. 함께 살 때 식당에 거의 가지 않았어요. 때때로, 아마도 결혼식 후 2년차에, 우리는 부르가스에 있었고, 해변 정원에 있는 카지노에서 저녁을 먹었어요. 그제서야 나는 당신이 보드카 두 잔을 마시고 있는 것을 보았죠. 지금도 그 때 무슨 일이 있었는지 궁금해요.

남: 모르겠어.

여: 내가 고슴도치, 바다 정원 등에 대해 이야기하는 것을 좋아하지 않는 것 같네요. 그렇죠?

남: 말도 안 돼, 정말... 모든 게 과거에 남아 있어.

여: 당신 말이 맞아요. 왜 우리는 과거에 대해 걱정해야 합니까? 미래를 볼까요?

남: 그래...

(그녀는 일어나 냉장고에서 와인 한 병을 꺼내 그에게 건네준다.)

여: 열어주세요.

(그는 병을 열고 잔을 채운다.)

여: 감사합니다. 당신의 건강에. 무엇을 기원할까요?

남: 이미 바랐잖아...

여: 어?

남: 당신은 "당신의 건강에" 라고 말했으므로 나도 건강해 질거야. 그것이 가장 중요해.

여: 그리고 당신은 나에게 무엇을 기원하나요?

남: 당신도 건강해야지.

여: 고마워요. 인생의 행복을 빌어주지 않나요?

남: 그래. 건강하고 행복해.

여: 감사해요. 언제나처럼 - 당신은 친절하고 세심해요. 이 렇게 마주보고 앉으니 세상에서 가장 고급스러운 레스 토랑에 와 있는 기분이 들어요. 커다란 거울이 있는 넓 은 거실, 어디선가 들려오는 잔잔한 멜로디, 우리 둘만.

남: 1년 사이에 상상력이 이렇게 풍부해진 줄 몰랐어.

여: 행복하지 않나요? 1년 동안은 가난할 수도 있고, 당신에 게도 완전히 같겠지요.

남: 흠...

여: 말하지 마요. 내가 알죠. 당신에게도 완전히 같겠지요. 어떤 종류의 음악을 좋아하나요?

남: 완전히 같아.

여: 답은 짐작할 수 있어요. 그러나 당신은 내 손님이예요. 1년 만에 갑자기 내 아파트에 나타나 상냥한 주부로 만 나야 하죠. 당신이 잘 지내도록 가능한 모든 것을 해야 해요. 그래도 어떤 종류의 음악을 좋아하나요? 당신의 테이프 레코더와 카세트는 손대지 않은 채 여전히 여기 에 있어요. 아마도 "비오는 저녁" ?

남: 아마도.

(그녀는 일어나서 카세트를 선택하고 테이프 레코더를 켠

다.)

여: 가장 잘 맞는 것 같아요. 밖에는 비가 점점 거세지고 있어요. 예, 당신이 왜 왔는지, 아니 왜 갑자기 여기로 뛰어 들어왔는지 짐작했어요. 비가 내리기 시작했을 때 당신은 내 아파트를 지나쳤나 봐요. 우산도 없어서 갑자기 날 만나러 오기로 했죠, 그렇지요?

남: 내가 왔을 때는 아직 비가 내리지 않았어.

여: 하지만 갑자기 비가 올 수도 있어요. 나에게 거짓말을 하고 싶지 않은 이유는 무엇인가요? 당신은 나에게 거짓말을 한 적이 없어요. 그러나 때로는 거짓말을 하는 것이 매우 좋아요...

남: 나는 거짓말을 할 수 없고 거짓말하는 것도 좋아하지 않아.

여: 네, "비오는 저녁" - 2년 전에 처음 들었죠. 듣고 있으면 멜로디에서 뭔가 치명적인 느낌이 나는 것 같았요.

> 폭우, 신선한 바람.
> 빗속에서 너와 나
> 빠른 키스, 압박감…
>
> 황량한 부두, 초록불,
> 기차는 점점 더 멀리 가네...
> 나 혼자, 달빛 아래서 혼자야…

아름답지요, 그렇지? 그런데 당신은 먹거나 마시지 않

네요. 노래가 이유인가요?

남: 아냐. 난 배고프지 않아.

여: 하지만 부탁할게요, 나는 당신이 좋아하는 방식으로 버섯을 넣은 계란을 요리했고, 맛을 내기 위해 고추 반 개도 넣었어요. 아시다시피 저는 매운 음식을 별로 좋아하지 않아요.

남: 고마워.

여: 하지만 우리가 지중해 연안에 있는 세계에서 가장 고급스러운 레스토랑에 있다고 상상해 봐요.

남: 아니면 대서양 연안에서.

여: 네, 크리스탈 거울이 있는 넓은 거실에 우리 둘만 있고 어디선가 거실 끝에서 "비오는 저녁"의 부드러운 선율이 들려요. 잠시 후 당신은 일어서서 나에게 춤추자고 청할 거예요.

남: 상상이 안 돼.

여: 알았어요, 난 화난 게 아니예요. 그렇다면 이것이 우리의 최후의 만찬이라고 상상해 보세요. 어떤 신문에서 많은 가족들이 친구로서, 좋은 지인으로서 이혼하고 마지막 이별 만찬으로 그들의 이혼을 축하한다는 것을 읽었어요. 그래서 이것이 우리를 위한 최후의 만찬이죠?

남: 그래.

여: 좋아요. 그러나 마지막 만찬은 지중해 연안의 고급 레스토랑이 아니라 5년 동안 함께 식사를 하던 식탁에서였네요. 거의 1년 가까이 함께 들었던 "비오는 저녁"과 함께한 마지막 저녁식사, 하지만 당신은 저녁을 안 먹으니...

남: 미안해, 드디어 내가 왜 왔는지 말해야겠네.

여: 듣고 있어요. 녹음기를 꺼야 하나요?

남: 괜찮아.

여: 좋아요, 음악이 당신을 방해하지 않을 거에요, 그렇죠?

남: 아니. (잠시 후) 당신도 나도 앞으로의 삶을 생각해야지... 역시 우린 아직 어려...

여: 이해가 안 돼요.

남: 진짜 좀 복잡해...

여: 네...

남: 우리는 문제를 해결해야 해…

여: 만약 당신이 나에게 우리의 삶을 다시 시작하자고 제안하러 왔다면, 생각해야 해요, 난 준비가 안됐어요, 생각하지 않았어요...

남: 아니, 아니. 또 다른 시작에 관한 거야.

여: 정말이지, 비 오는 어느 날 저녁에 당신이 종을 울리면 들어와서 탁자에 앉아 외투를 벗지 않고 "다시 해볼까, 늦지 않았지?", 이렇게 말할 것이라고 생각한 적이 있어요. 하지만 솔직히 그렇게 될 줄은 몰랐어요. 아름답지만 비현실적인 꿈처럼 상상했을 뿐이에요. 꿈을 꾸는 걸 좋아해요...

남: 당신은 나를 이해하지 못했어. 우리가 다시 시작하는 것이지만, 함께 살지는 않고...

여: 같이 살지않고 어떻게 다시. 결국 우리는 모든 것이 끝났다는 것을 잘 알고 있어요. 무엇을 시작해야 하고 어떻게 시작해야 하는지 이해할 수 없네요.

남: 불행히도 아무것도 끝나지 않았어. 더 정확하게는 우리

사이의 모든 것이 끝났지만 공식적으로는 아무것도 끝
나지 않았으며 이제 모든 것이 시작되어야 해.

여: 네, 알겠어요. 아무것도 끝낼 수 없어요. 우리는 기억,
사람, 물건, 심지어 완전히 일반적인 고슴도치로 연결
되어 있죠.

남: 아니. 당신은 나를 이해하지 못했어.

여: 그럴지도 모르지만, 무슨 말을 하고 싶은지 알 것 같
아요...

남: 당신은 추측도 할 수 없고 그것은 끔찍한...

여: 좋아! 듣고있어요.

남: 우리 이혼했어, 그렇지?

여: 네.

남: 당신이 이혼소송을 직접 했지.

여: 네.

남: 3번의 이혼 절차를 밟아 정식으로 이혼했어.

여: 네, 아직 잊지 않았어요.

남: 우리는 아이도 없고, 아무 것도 나눌 것 없고, 복잡한
일 없이 이혼했어.

여: 네, 하지만 왜 그걸 상기시키는지 이해가 안 돼요. 1년
밖에 안 됐거든요.

남: 지난번 이혼 절차 이후에 판결을 받으러 법원에 가지
않았지?

여: 시간이 없었고 필요하지도 않았어요.

남: 그때 나도 안 했어.

여: 그래서 우리도 같은 생각을 했어요.

남: 그럴지도 모르지만 한 달 전에 갔었는데...

여: 정말?

남: 그런데 우리 이혼 서류가 없어진게 확실해.

여: 법정에서 무언가가 사라질 줄은 몰랐어요...

남: 아주 드물게 발생하지만 사라진 것은 정확히 우리 문서
야.

여: 확실해요?

남: 물론이지. 한 달 동안 나는 거의 매일 법원에 있었어.
그들은 모든 곳에서 찾았지. 결국 여자 행정관은 이혼
을 전혀 하지 않고 일어나지도 않은 이혼 절차 서류를
찾는다고 나를 비난했어.

여: 좋아요. 그래서 우리는 이혼하지 않았어요. 우리는 아직
결혼중이고 당신은 오늘 밤 나에게 그것을 알려주기 위
해 왔네요.

남: 그래.

여: 올 줄 알았어요…

남: 잠깐, 서두르지 말고…

여: 그때 내가 바보같이 행동했는데 운이 따라줬네요. 이혼
서류가 없어져서 정말 다행이예요! 지금 우리는 어디론
가, 레스토랑, 댄스홀, 어디든 가야 해요. 우리는 그것
을 축하해야 해요! 문서가 사라진 것을 축하해야 해요!

남: 잠깐!

여: 무엇을 기다려요! 인생은 달려요! 즐거운 순간을 놓치지
말아요!

남: 아직도 당신에게 설명할 것이 있어. 매우 중요한!

여: 식당에서 설명해요. 돈이 있지요? 없다면 걱정마세요.
내가 낼게요! 오늘 나는 부자, 아주 부자예요. 내가 아

이를 가질 수 있는지 상관하지 않아요. 중요한 것은 내
가 당신을 가지고 있다는 것이고, 당신이 돌아왔다는
것이 중요해요! 당신을 갖고 싶어요, 영원히 당신을 갖
고 싶어요!

(그녀는 그에게 다가가 그를 끼안고 키스하고 싶어한다. 그
는 키스를 피하려고 조심스럽게 노력한다.)

남: 부탁해. 당신에게 설명할 것이 있어. 매우, 매우 중요한.

여: 알았어요, 알았어. 하지만 더 빨리, 시간이 없어요, 늦어
　　요.

(옷장으로 가서 열어본다.)

여: 어떤 드레스를 입어야 할까요? 넬리의 결혼식 때 입었
　　던 빨간 드레스 아니면 파란 드레스? 사건이 축제이기
　　때문에 파란색이 더 나을 수도 있어요.

남: 다 두고!

여: 그런데 무슨 일이 있나요? 우리가 어딘가에 가는 걸 바
　　라지 않나요?

남: 아니! 들어봐! .

여: 좋아요! 당신 명령대로

남: 올해 같이 있지 않을 때, 정확히는 이혼했을 때.. 그런
　　데 사실은 이혼한 게 아니라 그냥 이혼했다고 생각하
　　고.. 아가씨를 만났는데..

여: 그리고...

남: 우연히 만났어. 언젠가 과학 아카데미에서 함께 일했지
　　만 그때는 그녀를 거의 알지 못했어.

여: 걱정마, 질투하지 않을게요. 누구에게나 일어날 수 있는
　　일...

남: 그래, 그녀와 사랑에 빠졌어!

여: 물론이죠. 그리고 그녀도 당신과 사랑에 빠졌죠, 그렇죠?

남: 그래... 그리고 우리는 아이를 가질 거야...

여: 아이고! 정말 어린애같아요! 당신은 그녀에게서 아이를 갖게 될 거요! 맙소사!

남: 진정해! 당신을 화나게 하려던 건 아니었어...

여: 당신은 그녀 아이를 가질 거요!

남: 그래. 나는 그녀를 속일 수 없어서 그녀와 결혼해야 해.

여: 뭐? 당신은 그녀와 결혼해야 해요! 당신이 무슨 말을 하는지 아나요?

남: 그래! 그녀를 떠날 수 없어. 아이를 갖고 싶어.

여: 당신은... 당신은 그녀 아이를 갖고 싶었어요? 아이를 가지겠다고 하셨죠? 당신은 인간이 아니야, 인간이!

남: 부탁해. 나는 그녀와 결혼할 수 없다고 말하러 왔어...

여: 정말이지, 난 아무것도 이해가 안 돼요... 처음에 당신은 그녀와 결혼해야 한다고 말했고 지금은 그녀와 결혼할 수 없다고 주장해요. 당신은 실제로 무엇을 말하고 있나요… 내가 미쳤나요 아니면 당신이 아픈가요…

남: 우리 둘 다 괜찮아. 하지만 내가 말하려는 게 있어. 당신은 다른 것을 이해하고 있어...

여: 네, 다시 한 번 제 잘못이고 당신을 이해할 수 없어요 아마도 당신은 그녀와 두사람이 갖게 될 아이에 대해 무언가 말하고 싶을 거요.

남: 아니! 당신과 나는 공식적으로 이혼하지 않는 동안 그녀와 결혼할 수 없다고 말하고 싶어. 왜냐하면 지금은 공

식적으로 우리는 여전히 남편과 아내이기 때문이지.

여: 네, 맞아요.

남: 이혼 서류를 잃어버렸다면 우리가 이혼하지 않았다는 뜻이지.

여: 이해해요! 백번 설명하지 마요! 난 바보가 아니야! 그래서 내가 무엇을 해야 하나요?

남: 빨리 다시 이혼해야 내가 결혼해서 정상적인 가정에서 아이가 태어날 수 있어.

여: 정말?

남: 그래. 나를 이해해! 인생이 우리에게 그토록 잔인한 농담을 한 것은 내 잘못이 아냐.

여: 그래서 내 잘못인가요, 응?

남: 아니.

여: 그럼 누구 탓이예요, 그토록 원하고 바랐던 그 아이가?

남: 날 이해해줘. 내일 우리는 반드시 법원에 가서 이혼을 신청해야 해! 우리는 시간이 없어!

여: 잘 생각했나요?

남: 어떻게 생각해야 할까? 모든 것이 형식이야. 변호사는 다른 해결책이 없다고 말했어. 우리는 다시 이혼해야 해. 이전 이혼 절차 문서가 흔적도 없이 사라졌어!

여: 하지만 난 이혼하고 싶지 않아요.

남: 그러지 마, 그럴 수 없어…

여: 그건 내 개인적인 문제예요. 아무도 나에게 이혼이나 결혼을 강요할 수 없어요.

남: 이해해 줘. 그녀와 결혼하지 않는다면 그녀는 아이를 낳지 않을 거야.

여: 그럼 그녀는 당신을 정말 사랑하지 않네요.

남: 내게는 이 아이가 태어나는 것이 더 중요해!

여: 알아! 아이는 당신에게 더 중요하죠.

남: 그래! 아이를 여전히 낳고 싶어. 원하지 않으면 나도 모르게 살인자가 될 테니까.

여: 당신의 개입 없이도 같은 방식으로 태어날 수 있어요.

남: 그래, 아버지가 누구인지 몰라도 태어나고 자랄 수 있어. 생각해 봐. 아버지 없는 아이를 둘 권리가 없어. 당신은 그럴 권리가 없어!

여: 나는 당신의 법적 아내가 될 권리가 있고 이혼하고 싶지 않아요!

남: 결국, 우리 사이의 모든 것은 너무 오래 전에 끝났어. 내가 여전히 당신을 사랑한다면, 나는 다른 여자와 아직 태어나지 않은 아이의 생명을 파괴할 권리가 없어.

여: 그래서 당신은 내 인생을 영원히 산산조각 낼 준비가 되어 있네요! 아니요! 나는 그것을 허용하지 않을 거요! 누구도 다른 사람의 삶을 가지고 놀 권리가 없어요! 누구도 다른 사람을 모욕할 권리가 없어요! 누가 그렇게 하도록 권한을 부여했나요?

남: 그리고 누가 당신을 승인했나?

여: 법! 나만이 당신의 법적 아내이기 때문이죠!

남: 하지만 다른 법률도 있어. 인간의!

여: 예, 하지만 저는 아니에요. 왜냐하면 다른 사람들은 아이를 가질 수 있고 나는 아니요! 나가요! 여기서 나가! 당신을 보고 싶지 않아요!

남: 날 이해해줘. 달리 행동할 수 없어. 아이의 이름으로 나

는 결혼해야 해.

여: 나가요! 나는 당신을 보고 싶지 않아요!

(그는 떠난다. 그녀는 소파에 몸을 던지고 울기 시작한다. 잠시 후 그녀는 일어나 청중을 향해 몇 걸음 다가가 천천히 말하기 시작한다)

여: 맙소사, 몇 달 뒤에 그와 같이 곱슬머리에 검은 눈을 가진 아이가 태어날 거예요. 그와 똑같이 웃는 조그만 무기력한 아이... 이 아이를 꼭 봐야겠어요. 꼭 봐야겠어요! 항상 봐야겠어요! 미카엘로, 기다려요! 부탁할게요, 기다려요!

(그녀는 도망친다. "비오는 저녁" 이라는 노래가 들리고 점점 더 커진다.)

끝

소피아, 1991년 1월 13일

"비오는 저녁"

1992년 3월 5일 소피아의 헝가리 문화 연구소에서 공연되었다.

안젤리나 소티로바와 미하일 페르도토프가 출연했다.
안젤리나 소티로바 감독.
노래의 음악은 네브야나 크라스테바가 작곡.
로시카 키릴로바는 노래를 불렀다.

ENŜTELIĜI EN LA KORON

ROLANTOJ:
La junulino - Ĉirkaŭ dek naŭ-jara
La aktorino - Ĉirkaŭ tridek kvin-jara

La scenejo prezentas ĉambron en luksa apartamento, kiu dronas en mallumo. Aŭdiĝas molaj, singardemaj paŝoj. Tabureto[1] aŭ seĝo brue falas planken. Eklumas eta elektra torĉo, kiun oni rapide estingas. La scenejo iom heliĝas, sed al la spektantoj ŝajnas, ke ili alkutimiĝis al la mallumo kaj vidas figuron de junulino vestita en ĝinzo, jako, sportŝuoj, surhavanta ledajn gantojn surmane. La junulino paŝas mallaŭte, singardeme, malfermas la vestoŝrankon, tirkestojn, kiujn malplenigas sur la plankon. Ne estas klare ĉu ŝi serĉas ion aŭ nur amuziĝas.
Subite ekstere ekkrakas seruro, ŝlosilo turniĝas en la ŝlosiltruo. La junulino time ektremas, rapide ĉirkaŭrigardas kaj komprenas, ke ŝi ne havas alian eblecon, krom kaŝi sin ĉe la vestoŝranko, kiu estas dekstre sur la scenejo.

---

1) (팔걸이 · 등이 없는)걸상.

Post kelkaj sekundoj la ĉambron eniras virino vestita en laŭmoda pluvmantelo, portanta grandan vojaĝsakon, kiun ŝi metas planken. Trankvile ŝi lumigas la ĉambron kaj timege saltas malantaŭen.

La aktorino: (time, al si mem) Ĉu estas... iu?
(Ŝi faras kelkajn paŝojn, rigardas la falintan tabureton, la eltiritajn tirkestojn kaj ekkrias, sed antaŭ ol ŝi ekkriegis, elsaltas la junulino kaj mane ŝtopas ŝian buŝon.)
La junulino: (kun voĉo de profesia krimulo, iom sible) Trankvile! Sen paniko!
(La junulino liberigas la aktorinon kaj fiksrigardante ŝin, ekiras dorse al la pordo.)
La aktorino: Sed, sed... kiu vi estas? Kion vi serĉas ĉi tie?
(La junulino jam estas preskaŭ ĉe pordo, kiam la aktorino denove komencas kriegi.)
La aktorino: Helpu! ŝtelisto, Ŝtelisto...
(La junulino eksaltas kaj ili komencas lukti, tamen la junulino sukcesas denove ŝtopi la buŝon de la aktorino.)
La junulino: Se vi denove malfermos la buŝon, vi mortos!
La aktorino: (pala, balbutante) Sed... sed kion

mi faris... Mi petas vin...

La junulino: (minace ŝin rigardas) Ĉu klare? Vi havis meznoktan gastinon!

La aktorino: (jam rekonsciiĝinta) Ne! Mi krios! Mi kriegos! Mi vekos la tutan domon!

La junulino: (minace paŝas al ŝi kaj iom tro atente pliĝustigas la gantojn) Do vi ne deziras plu vivi! Vi preferas lasi ĉi lukson kaj... ekvojaĝi... tien... (montras la ĉielon)

La aktorino: (jam pli kuraĝe) Ne! Mi ne deziras vivi, sed via vivo same fiaskis! Mi estos la lasta, kiun vi havis la honoron prirabi.

La junulino: Mi foriras kun malplenaj manoj.

La aktorino: Ne! Vi ne eliros!

La junulino: Mi eliros, eĉ se restos... kadavro post mi!

La aktorino: (tre aplombe) Ne! Ne eblas!

La junulino: Ĉiam mi eliris.

La aktorino: Sed nun vi mistrafis la adreson.

La junulino: Mi avertas vin!

(La junulino minace ekiras al la aktorino.)

La aktorino: (paŝas malantaŭen, sed al la pordo, por bari la elirvojon) Mia vivo ne estas kara, sed via kariero nun fiaskos!

La junulino: Ĉu? Mi praktikas ĝin du jarojn! Ankoraŭ ne aperis tiu, kiu fiaskigos ĝin.

La aktorino: (montras sin) Jam apcris.

La junulino: Por vi gravas via kariero. Vi ne havas tempon okupiĝi pri mi.

La aktorino: Se nun mi lasus vin foriri, morgaŭ vi denove venos kaj forportos ĉion el mia loĝejo.

La junulino: Mi ne revenas tien, kie mi jam estis!

La aktorino: (ironie) Hm-m, vi trankviligis min! Sed vi eniros alian loĝejon, vi prirabos alian familion, vi eĉ eble murdos iun...

La junulino: Ĉu tio interesas vin? Vi vivos! Viaj juveloj restos netuŝitaj. Vi ŝanĝos la seruron kaj vivos senzorge kiel ĉiam.

La aktorino: Tamen mi neniam senkulpigus min, se mi lasus vin foriri. Morgaŭ trankvile vi veturos en la sama tramo, en kiu mi veturos, vespere vi sidos antaŭ la televidilo, vi spektos min en iu teatraĵo kaj eĉ primokos mian timon kaj malkuraĝon.

La junulino: Mi primokas vin nun. Neniu iam interesis vin. Ja vi ne scias kiuj loĝas dekstre kaj maldekstre de via loĝejo.

La aktorino: Sed nun vi interesas min!

La junulino: Kia honoro!

La aktorino: Neniu sekrete gastis en mia domo

kaj kiu meminvitis sin gasti ĉi tie, ne povas foriri senpune!

La junulino: Dependas...

La aktorino: Jes. Nun ĉio dependas de mi. Nur mi rajtas decidi ĉu vi foriru silente kaj trankvile aŭ vi trovu vin malantaŭ la kradoj, kie vi bonege fartos.

La junulino: Mi ne havas tempon por sensencaj babiladoj. Eble min atendas aliaj loĝejoj. Ja ankaŭ vi ofte havas kelkajn spektaklojn en unu sama tago. Silentu ĝis mi vaporiĝos! (La junulino ekiras al la pordo, sed la aktorino haltigas ŝin per glacia fiksrigardo

La aktorino: Ne! Vi eliros nur kun mankatenoj!

La junulino: Interese, kiu venos mankateni min, aŭ eble vi havas ne nur orbraceletojn, sed same kelkajn mankatenojn.

La aktorino: Mi prizorgos tion.

La junulino: Mi perdas paciencon...

La aktorino: Trankvile, etulino. Ja vi pezas nur kvardek kvin kilogramojn. Eĉ fingre vi ne povas tuŝi min.

(La aktorino provas kvazaŭ nevole proksimiĝi al la telefono, sed la junulino saltas kiel kato kaj eltiras la kablon.)

La aktorino: (malpaŝas, parolante kvazaŭ al si

mem) Do kiu helpus al mi. Mi mem solvis tiom
    da komplikaj problemoj... kaj tiun ĉi mi
    solvos same!

(Ŝi multsignife alrigardas la junulinon.)

La junulino: Ĉu vi certas?

La aktorino: Jes! Nun neniu ĝenos nin. Mi ne
    ŝatas telefonojn. Ili vekas nin, kiam ni
    dormas plej dolĉe aŭ kiam ni profundiĝis
    en interesa libro aŭ en grava konversacio...

(La aktorino prenas la telefonon kaj ĵetas ĝin
planken.)

La junulino: Mi tamen amas la telefonojn. Ili
    eksonoras ĝuste kiam ni dolĉe dormas aŭ
    legas interesan libron por memorigi al ni,
    ke iu bezonas nin, ke iu petas nian helpon,
    nian konsilon aŭ simple iu ŝatas aŭdi nian
    voĉon...

(La junulino tenere prenas la telefonon kaj
metas ĝin surloken.)

La aktorino: O-o-o. Eble tage vi laboras en la
    servo 'Telefono de la konfido".

La junulino: Mi laboras nur nokte.

La aktorino: Kaj kial vi rapidas? Via labortempo
    ankoraŭ ne finiĝis.

La junulino: Mi ne havas labortempon.

La aktorino: Tiam gastu al mi.

La junulino: (ironie) Koran dankon. Vi tre afablas, sed mia edzo eble jam maltrankviliĝas; kie mi estas, kun kiu mi estas...

La aktorino: Se vi ne difektus la telefonon — vi povus telefoni al li kaj diri, ke vi gastas ĉe amikino...

La junulino: Ĝuste tio igos lin suspektema.

La aktorino: Mi ne sciis, ke la edzoj de virinoj kun via profesio tiel ĵaluzas.

La junulino: Ne. Li nur timas, ke ie gastigos min ne virino, sed viro.

La aktorino: Kaj certe uniforma viro!

La junulino: (kvazaŭ ne aŭdis ŝin) Krom tio mia filo eble ankoraŭ ne vespermanĝis. Mi devas rapidi kaj prepari ion por vespermanĝo.

La aktorino: Povra infano!

La junulino: Jes, pro laboro mankas tempo, kaj nerimarkeble alvenas noktomezo.

La aktorino: Al neniu ino facilas la vivo.

La junulino: Sed ne al vi. Vi estas sola sen edzo, sen infano... Vi povus babili ĝis mateno... eĉ inviti min kafumi, ĉu ne...

La aktorino: Kompreneble! Kiel mi forgesis! Tuj mi kuiros la kafon.

La junulino: Ne maltrankviliĝul

La aktorino: Post sekundo ĝi estos preta.

(La aktorino provas ekstari, sed la junulino premas ŝin al la seĝo kaj la voĉo de la junulino subite ŝanĝiĝas de ŝajne afabla al minaca.)

La junulino: Restu senmova!

La aktorino: Mi ne supozis, ke vi havas edzon.

La junulino: Cu?

La aktorino: Vi tiel junas! Kiu estas la feliĉulo, kiu posedas tian trezoron, pli ĝuste tian kuraĝan edzinon?

La junulino: Eble Alen Delon.

La aktorino: Verŝajne similas al Alen Delon.

La junulino: Komprenu tiel, kiel al vi plaĉas.

La aktorino: Kaj kion li laboras?

La junulino: Ĉu Alen Delon?

La aktorino: Ne. Via edzo?

La junulino: Ni diru, ke li estas inĝeniero.

La aktorino: Kompatindaj vi! Eble la mono ne sufiĉas kaj tial li konsentis, ke la edzino praktiku tian riskan profesion.

La junulino: Ĝuste.

La aktorino: Sed kia edzo li estas? Kial li postulas la neeblon de tiel fragila kaj tenera ino? Ĉu ne estus pli bone, ke li kromlaboru? Ekzemple li iĝu taksiŝoforo. Li perlaboros pli da mono kaj honeste!

La junulino: Verŝajne ni ne havas aŭton.

La aktorino: Nun mi komprenas, kial vi laboras noktomeze. Vi deziras havi aŭton.

La junulino: Kiel vi konjektis?

La aktorino: Brave! Entreprenema ino! Vi komencas iĝi simpatia al mi.

La junulino: Ĉu?

La aktorino: Kaj kial vi ne trovas pli honestan manieron por perlabori monon?

La junulino: Ĉu mia edzo iĝu taksiŝoforo?

La aktorino: Kial ne?

La junulino: Ĉu tutan tagon li laboru en la uzino kaj poste per la persona aŭto li laboru kiel taksiŝoforo por alporti hejmen kelkajn mizerajn bankbiletojn?

La aktorino: Sed honestajn...

La junulino: Eble laŭ vi honesta estas la mono de la komercisto, kiu vendas nebonkvalitan varon je duobla prezo, aŭ de la kelnero, kiu aldonas akvon en vian vodkon...

La aktorino: Tio estas jam alia temo.

La junulino: Jes, sed kun la komercisto kaj kun la kelnero vi trankvile veturas en unu sama tramo. Eĉ vi ridetas al ili kaj vi ege afablas. Tamen ili opinias vin naivulino kaj nature, sen konsciencriproĉoj, ili trompas vin.

La aktorino: Jes, mi ridetas al ili.

La junulino: Kun via brila rideto, kiun nur vi posedas kaj kiun ofte-oftege ni vidis sur la televidekrano.

La aktorino: Vi envias min.

La junulino: Jes, mi envias vian lertecon ludi en la vivo kiel sur la scenejo. Sed, se en la teatro oni pagas al vi por tiu ĉi rideto, en la vivo vi instigas la friponojn ŝovi siajn manojn pli profunden en vian poŝon.

La aktorino: Tio estas mia persona problemo.

La junulino: Ne, ĉar se vi ridetas al ili, se li ridetas, se mi ridetas, ili opinios, ke ili estas la honestaj, ke nur ili honeste perlaboras sian monon kaj ne ni!

La aktorino: Ĉu vi same?

La junulino: Jes, ĝuste mi! ĉar mi ne ridetas! Mi ne volas rideti al ili!

La aktorino: Se mi bone komprenas, vi estas la plej honesta kaj la plej senkompromisa.

La junulino: Jes.

La aktorino: Ĉar vi eniras iliajn loĝejojn silente, fingropinte, noktomeze, kiam ili laboras.

La junulino: Ne, kiam ili senzorge dormas kun siaj amatinoj en iu luksa hotelĉambro.

La aktorino: Kiam ili deĵoras en la malsanulejoj

kaj laboras nokte en uzinoj...

La junulino: Ne, kiam ili disĵetas sian "honestan" monon en iu apudmara restadejo.

La aktorino: Sed la amuzoj ne estas senpagaj.

La junulino: Jes, la am-uzoj. Tial ili trompas vin, por ke ili povu trankvile amuziĝi, sed ĝuste tiam, ĝuste en tiu ĉi momento, kiam ili estas la plej feliĉaj, mi eniras iliajn luksajn apartamentojn silente, fingropinte, surhavanta sportŝuojn, por ke mi atentigu ilin, ke la vivo ne estas senfina festo!

La aktorino: Brile! Mi eĉ ne supozis, ke ni havas unu saman profesion!

La junulino: Ĉu?

La aktorino: Jes! Vi eniras iliajn luksajn apartamentojn silente, fingropinte, surhavanta sportŝuojn kaj mi eniras tien brue, senceremonie, rekte de la televidekrano, same por maltrankviligi ilin, ŝajne por atentigi ilin, ke la vivo vere ne estas senfina festo.

La junulino: Sed ĉi vespere mi maltrankviligis vin.

La aktorino: Mia konscienco estas pura.

La junulino: Ĉu vi certas?

La aktorino: Via profesia sento ĉi-foje perfidis

vin.

La junulino: Neniam ĝi perfidis min. Mi konas la homojn.

La aktorino: Sufiĉas! Ni lasu ĉi tiujn sensencajn parolojn, ĉi tiujn stultaĵojn pri konsciencriproĉoj, pri animsuferoj. Mi plurfoje aŭdis ilin. Mil fojojn mi ripetis ilin en diversaj dramoj. Respondu klare kaj koncize! Kion vi serĉis ĉi tie – monon, juvelojn?

La junulino: Kiel strangas la homoj. Ni deziras nepre ĉiujn enigi en iujn kadrojn, elpensitajn kaj kreitajn de ni mem. Tiu estas bona, tiu ĉi – malbona, tiu honesta kaj tiu ĉi ŝtelisto. Kaj kiam ĉiujn ni metas en la elpensitajn kadrojn, ni jam estas tute trankvilaj. Kaj kion vi opinias, en kiun kadron povas eniri simpatia, bonedukita junulino el honesta familio, kiu serĉas riskajn emociajn travivaĵojn.

La aktorino: Do vi nur serĉas riskajn travivaĵojn kaj laŭeble ili estu iom orumitaj.

La junulino: Vi divenis. Kial nur la viroj prirabu loĝejojn. La inoj same povas fari tion kaj ne malpli bone. Ĉu malfacilas malfermi iun pordon en simila multloĝeja domo?

La aktorino: Brave! Al vi certe ne mankas forto!

La junulino: Mi parolas pri superforto. Ja mi malfermas la pordojn nur per rigardo.

La aktorino: Kaj kie vi perfektigis tion?

La junulino: Pri profesiaj sekretoj mi ne parolas.

La aktorino: Kiu estas mia pordo laŭvice?

La junulino: Mi ne scias. Komence mi faris iun statistikon. Mi strebis al iaspeca rekordo, por ke mi eniru la libron de Gineso. Mi precize notis kie ĝuste mi estis, kiam mi estis kaj tiel plu, sed kiam la dokumentaro grandiĝis, mi bruligis ĝin, por ke ne estu pruvobjektoj.

La aktorino: Kaj kial vi faras ĉion ĉi?

La junulino: Kial? Mi same deziras aŭton, modajn vestojn, ripozi ĉe Mediteraneo, vidi Akropolon... Ha-ha-ha...

La aktorino: Sed kio okazis?

La junulino: Eble mi jam dormemas. Krome nia sincera konversacio ne tute kontentigas vin.

La aktorino: Nenion mi komprenas!

La junulino: Ĉio tiel klaras. Mi havis ĉion, kion mi deziris. Mi elkreskis en bonmora familio kaj miaj gepatroj, laŭ via preno, honeste perlaboris sian monon.

La aktorino: Certe ne kiel vi - per meznoktaj

vizitoj je bona volo.

La junulino: Kompreneble mia patro laboris nur tage. Li estis direktoro.

La aktorino: Ĉu direktoro?

La junulino: Jes, direktoro de fabriko.

La aktorino: Kaj...

La junulino: Kaj li sukcesis aĉeti du apartamentojn, aŭton, konstruis vilaon... Nun li jam ripozas, pensiiĝis. Ja li ne estas freneza labori kiel mi - post noktomezo.

La aktorino: Vi pravas, via profesio estas tre malfacila.

La junulino: Kaj via subita reveno rompis mian laborritmon. Tamen tiel, kiel mi komencis, vi certe multe laboregos post mi. Ĉu estas facile ordigi ĉi grandan apartamenton?

La aktorino: Do la lukso kaj la facila vivo igis vin serĉí riskajn travivaĵojn.

La junulino: Jes.

La aktorino: Kaj kiel vi decidis prirabi loĝejojn?

La junulino: Hazarde. Lasttempe onidire la priraboj de loĝejoj plimultiĝis. Senĉese la police serĉas iun.

La aktorino: Jes, jes, mi same ege timis. Mi timis eĉ reveni iom pli malfrue...

La junulino: Imagu kia emocia travivaĵo estas,

kiam vi scias, ke oni serĉas, sed ne povas trovi vin. Eksterordinara ludo, ĉu ne? Multe pli interesa ol la plej alloga rolo.

La aktorino: Tamen kiel komenciĝis ĉio?

La junulino: Klasike. Se vi deziras esti bona profesiulo, tre gravas la klasika sperto, pli ĝuste la jarcenta sperto de tiuj, kliuj antaŭ vi praktikis ĉi tiun profesion.

La aktorino: Do vi ne estas dilentantino.

La junulino: Kompreneble! Mi komencis atentan antaŭpreparon. Plurajn librojn mi tralegis. La detektivfilmojn mi ne spektis por amuzo, sed kun la okuloj de profesiulo. Eĉ foje vin mi spektis en simila filmo, tamen se mi devas esti sincera, vi ne rolis profesie.

La aktorino: Tamen ni ne ofendu unu la alian.

La junulino: Bone. Unue mi elektis la objektojn. En la komenco estis malfacile, mankis informoj pri ili. Sed en nia lando ne estas sekretoj. Ekzemple vi ne konas viajn dekstrajn kaj maldekstrajn najbarojn, tamen ili perfekte konas vin. Ili scias kiam vi cliras, kiam vi revenas, kun kiu vi revenas kaj tiel plu. Ili eĉ scias kian honorarion vi ricevis pro la lasta filmo, en kiu vi rolis.

La aktorino: Se ili ĉion scias kaj ĉion vidas, kiel

vi kuraĝas prirabi la loĝejojn?

La junulino: Tio estas io alia. Se iu prirabis vian apartamenton, ili ĉiuj, senescepte, asertos, ke neniun ili vidis.

La aktorino: Vi vere havas tre precizajn rimarkojn.

La junulino: Eĉ pli precizajn, ĉar se foje mi estis en iu domo, post kelkaj tagoj denove mi revenas tien por vidi kiajn reagojn mi provokis. La posedantoj de la loĝejo, kiun mi vizitis, vere estas ĉagrenitaj, sed sur la vizaĝoj de iliaj najbaroj mi rimarkas malicajn ridetojn, mallerte kaŝitajn.

La aktorino: Ĉu ankaŭ tion vi vidas?

La junulino: Jes, profesiulino kiel mi devas vidi ĉion. La najbaroj kvazaŭ bedaŭras kaj deklaras, ke venontfoje ili persone disŝiros la ŝteliston, sed en la sama momento ili rapidas ŝanĝi la serurojn de siaj pordoj, malgraŭ ke ili bone scias, ke la ŝtelisto ŝtelis nenion, eĉ nek kudrilon.

La aktorino: Vere?

La junulino: Kiaj malgastamaj homoj, ĉu ne, sed spite al tio, la uzino por seruroj devas premii min. Ja dum la lastaj monatoj mi ege helpis la plialtigon de ĝia produktado.

La aktorino: Atendu! Antaŭnelonge mi aŭdis pri
ŝtelisto, kiu eniris la loĝejojn, sed ŝtelis
nenion. Li nur malfermis vestoŝrankojn,
tirkestojn... Ĉu, hazarde, estas vi?

La junulino: Eble ekzistas ankaŭ alia. Jam en
nia profesio aperis konkurenco.

La aktorino: Sed kial vi faras tion?

La junulino: Ja mi diris. Mi serĉas emociajn
travivaĵojn.

La aktorino: Kial vi ne serĉas ilin en la sporto,
en la amo... Vi belas, sanas...

La junulino: Tio plaĉas al mi.

La aktorino: Se oni kaptus vin?

La junulino: Ne eblas... mi ne ŝtelas.

La aktorino: Kia manio! Mi sciis, ke ekzistas
homoj, kiuj ne scias kion fari, kiel okupi
sian liberan tempon, sed neniam mi
supozis, ke mi renkontos similan ulinon.
Kion tamen vi sentas, kiam vi malfermas
iun pordon kaj eniras tute nekonatan
fremdan loĝejon?

La junulino: Malfermi ŝlositan pordon, malfermi
mil ŝlositajn pordojn, enpaŝi nekonatan
mondon ĉu tio ne estas la celo de nia vivo!

La aktorino: Ĉu vi ne timas...

La junulino: La timo ne protektas la kuraĝulojn!

- 85 -

La aktorino: Ion mi ne komprenas. Tio tamen estas frenezeco kaj vi danĝeras! Vi tre, tre danĝcras!

La junulino: Mi scias, sed io bruligas min ĉi tie. (ŝi montras sian bruston) Io igas min ekscii kiel la homoj loĝas en ĉi tiuj grandaj betonaj grotoj. La aktorino: (mire) Kiel ili loĝas!

La junulino: Kiel aspektas iliaj loĝejoj. Kiajn meblojn ili havas, kiajn librojn ili legas, kiaj bildoj ornamas iliajn murojn...

La aktorino: Vi deziras konvinki min, ke vi venis vidi kiajn meblojn mi havas, kiajn librojn mi legas. Ĉu vi opinias min naivulino?

La junulino: Ne!

La aktorino: Sed kial vi venis noktomeze, kiam mi ne estis hejme?

La junulino: Oni ne povas trovi vin noktomeze kaj tage - absolute! Ja vi strebas preni ĉion de la vivo kaj vi vivas tage kaj nokte. Vi rolas en la televizio, en filmoj, en teatraj prezentoj...

La aktorino: Se vi pasias ekscii kion legas la aliaj, mi pasias labori!

La junulino: Kaj se mi estus veninta tage kaj humile mi estus dirinta al vi: "Sinjorino Roz, mi venis konatiĝi kun vi, vidi kiajn librojn vi legas, kiajn bildojn vi havas", certe tiam vi ektimus pli ol nun kaj vi tiel brufermus la pordon, ke mi longe ne povus rekonsciiĝi. Verŝajne vi eĉ vokus la policon.

La aktorino: Eble...

La junulino: Tial mi elektis la nokton, por ke mi eniru vian loĝejon fingropinte kun molaj sportŝuoj...

(La knabino faras kelkajn paŝojn en la ĉambro.) Evidente neniu delonge eniris ĉi tien, nek kun ŝuoj nek sen suoj... Ĉio kvazaŭ ŝtoniĝis - foteloj, tabloj. vazoj...

La aktorino: Jes, delonge...

La junulino: Tre malofte iu trapasas la sojlon de niaj betonaj grotoj. Kiel silente kaj triste estas en ili, malgraŭ la bildoj kaj la libroj per kiuj ni remburis niajn murojn. (kategorie) Ne! Mi ne povas plu resti ĉi tie! Mi iros! Baldaŭ estos la unua. Delonge la betona urbo dormas.

La aktorino: Restu! Nia konversacio ankoraŭ ne finiĝis!

La junulino: Mi iros! Kial mi maltrankviligu vin. Morgaŭ vi havos provludon, spektaklon en la teatro aŭ eble en la televizio. Pro la laco la tutan tagon vi estos kiel ĉifono. Krome vi pensos pri mi, sed kompreneble vi ne trovos tempon iri al la plej proksima policejo por anonci pri ŝtelisto, pli ĝuste pri ŝtelistino, kiun oni delonge serĉas...

(La junulino ekstaras kaj amike ridetas al ŝi.)

La aktorino: (firme, tamen en ŝia voĉo senteblas apenaŭ perceptebla peto) Sidiĝu!

La junulino: Kion? Ĉu nun estas via vico minaci min?

La aktorino: Nia konversacio ankoraŭ ne finiĝis kaj la nokto nun komenciĝas. Ne pensu pri mi, mi alkutimiĝis al maldormo. Preskaŭ ĉiun duan nokton mi havas teatrajn prezentojn, ofte nokte mi rolas en televiziaj spektakloj aŭ en iu filmo, kiun nun oni filmas, sed en spektaklo kiel ĉi tiu mi ankoraŭ ne partoprenis kaj mi volas finludi ĝin - profesie, sendepende kia estos ĝia fino!

La junulino: Tamen sen mi! Jam estas tempo iri...

La aktorino: Atendu, kion vi trinkos?

La junulino: Nenion!

La aktorino: Ne. Mi deziras, ke ni trinku ion. Mi bezonas guton da alkoholaĵo. Viskion, konjakon, vermuton...

La junulino: Ne, dankon.

(La aktorino prenas botelon da konjako, du glasojn, plenigas la glasojn, trinkas iomete kaj kvazaŭ al si mem diras.)

La aktorino: Ĉu vi scias, ke hodiaŭ mi sentas min kulpa?

La junulino: (mallaŭte) Vi asertis, ke via konscienco estas pura...

La aktorino: (verŝas guton el la glaso en la cindrujon, kiu estas sur la tablo) Je la hodiaŭa tago, antaŭ du jaroj, forpasis mia patro. (La junulino rigardas ŝin kondolence.)

La aktorino: Hodiaŭ mi decidis lasi ĉion kaj forveturi al mia naskiĝurbo.

La junulino: Kial vi ne forveturis?

La aktorino: Vi sciis! Vi sciis, ke ĉi-nokte mi ne estas hejme! De kie vi sciis?

La junulino: (ridetas) Mi jam diris. Mi agas profesie.

La aktorino: Jes, vi postsekvis min. Vi vidis, ke mi iris al la stacidomo, sed vi ne supozis, ke mi revenos.

La junulino: Vi same ne supozis...

La aktorino: Jes. Mi aĉetis bileton, eniris la vagonon, tamen antaŭ la ekveturo mi descendis.

La junulino: Kial?

La aktorino: Mi decidis tamen morgaŭ esti en la filmfabriko kaj akcepti la rolon, kiun oni al mi proponas.

La junulino: Do vi same agis profesie.

La aktorino: Profesie, profesie! Ni vere iĝis eminentaj profesiuloj kaj ni ne havas tempon eĉ floron meti sur la tombojn de niaj gepatroj, kiuj ege, ege nin amis.

La junulino: Ne dramigu! Vi ne estas en la teatro.

La aktorino: Mi devas haltigi ĉi teruran karuselon, kiu ĉiutage rulas nin freneze.

La junulino: De vi dependas...

La aktorino: Jes. Mi descendis de la vagonaro, revenis hejmen kaj trovis vin ĉi tie! Ne estis hazardo, ĉu ne! En la vivo hazardoj ne estas!

La junulino: Ne!

La aktorino: Do! Ni devis renkontiĝi!

La junulino: Eble...

La aktorino: Ĝuste ĉi tie. Ĉi-loke, en tiu minuto.

La junulino: Jes.

La aktorino: Eble iam, antaŭe, vi same estis ĉi

tie. Vi eniris kiel nun, vestita en ĝinzo, en jako kun molaj sportŝuoj. Aŭ verŝajne vi venis ĉi tien kun iu junulo, kiu same kiel vi serĉis riskajn travivaĵojn kaj li estis same vestita en ĝinzo, jako kaj molaj sportŝuoj. Eble ĉi tie vi kisis unu la alian longe, ege longe.

La junulino: Kio okazas al vi?

La aktorino: Jes. Vi ekzistis, ĉiam vi ekzistis. Vi pensis pri mi, vi postsekvis min, vi atente observis min... Kaj mi neniam supozis, ke vi ekzistas.

La junulino: Ne troigu! La aktorinoj tre ŝatas esti en la centro de la atento.

La aktorino: Mi parolas serioze. Neniam mi pensis, ke vi vivas, ke vi ekzistas...

La junulino: ...ke ni veturas en unu sama tramo...

La aktorino: Neniam mi pensis pri vi kaj pri la aliaj kiel vi. Kiel vi nomiĝas? Kiu vi estas? Mi deziras scii ion pli pri vi.

La junulino: Mi diris ĉion, eĉ pli. Kaj kial necesas. Morgaŭ vi forgesos min kaj nur iam ridete vi rememoros pri nia neordinara renkontiĝo.

La aktorino: Ne! Mi ne forgesos vin! Io en vi

logas min. Via kuraĝeco aŭ eble via strebo esti tia, kia vi estas. Mi ne povas esti tia...

La junulino: Eble mi same ne povas.

La aktorino: Ne. Je via aĝo oni povas ĉion!

La junulino: Ĉu vi opinias, ke ĉi-nokte mi eniris ĉi tien por pruvi al mi mem, ke mi povas ĉion.

La aktorino: Jam ne interesas min kial vi eniris. Mi ne deziras scii. Gravas, ke vi eniris kaj estas ĉi tie...

La junulino: Vi ne parolas serioze.

La aktorino: Jes, ĉar vi ne komprenas, ke vi devis veni, ni devis renkontiĝi. Vi venis memorigi min, ke iam mi same estis juna, mi same riskis... kiel vi. Kaj nun kiu mi estas, kial mi vivas, kial mi laboras...

La junulino: Mi tamen diris al vi, kial mi venis, ĉu ne?

La aktorino: Ne gravas! Gravas, ke vi estas ĉi tie! Mi ĝojas, ke vi estas ĉi tie!

La junulino: (ironie) Bonege.

La aktorino: Foje-foje mi bezonos vidi vin. Mi nepre devas vidi vin. Promesu, ke vi venos denove! Vi venos kaj atendos min reveni de la teatro. Promesu! Jen la ŝlosilo. Prenu ĝin!

La junulino: (repuŝas sian manon) Ne!

La aktorino: Prenu ĝin. Vespere mi rapidos reveni. Ja mi scios, ke mi trovos vin ĉi tie. Jen, prenu la ŝlosilon!

La junulino: Mi ne bezonas vian ŝlosilon. Vi eĉ ne suspektas kia feliĉo estas malfermi ŝlositan pordon, enŝteliĝi fremdan loĝejon alian nekonatan mondon, sen posedi originalan ŝlosilon.

La aktorino: (al si mem) Aŭ enŝteliĝi en la koron. (al la junulino) Prenu, prenu la ŝlosilon!

La junulino: Ne estos pli facile al vi, se foje-foje mi venos ĉi tien. Morgaŭ vi denove ekkuros al la teatro, al la televizio, al la filmfabriko... kaj vi denove ridetos afable, senzorge...

La aktorino: Ne! Ne!

La junulino: Kaj mi! Al kiu mi donu mian ŝlosilon. Mi same deziras forkuri, almenaŭ nur por tago, sed ne eblas. Ne eblas forkuri de ni mem...

(La junulino ekas al la pordo.)

La aktorino: Atendu! Nur vian nomon diru!

La junulino: (turnas sin) Mi restu sennoma. (forkuras eksteren)

La aktorino: Kial vi kuras! Kial vi ne kuraĝas

preni la ŝlosilon! (al si mem) Ĉu ne estas pli bone havi ŝlosilon por iu pordo, aŭ koro....

Fino

Sofio, la 19-an de januaro 1991

"ENŜTELIĜI EN LA KORON"

Estis prezentita:
La 23-an de marto 1991 en la teatro en urbo Jambol, okaze de la Literatura Konferenco de sekcio "Literaturo" ĉe BEA.
La 7-an de junio 1991 en Hungara Kultura Instituto en Sofio, okaze de la Turismaj Esperanto-tagoj.
la 2-an de novembro 1991 en urbo Sviŝtov, okaze de la Dua Danuba Esperanto-Renkontiĝo.

Rolis Anĝelina Sotirova kaj Nevjana Krasteva
Reĝisoro Anĝelina Sotirova
La muzikon de la kanto komponis Nevjana Krasteva

마음 속으로 스며들다

등장인물
젊은 여자 - 열 아홉 살 정도
여배우 - 서른 다섯 살 정도

무대는 어둠에 잠긴 고급 아파트의 방을 보여준다. 부드럽고 조심스러운 발걸음이 들린다. 작은 의자나 큰 의자가 요란하게 바닥에 떨어진다. 작은 전깃불이 켜지더니 금세 누군가가 끈다. 무대가 조금 밝아지지만 관객들은 어둠에 익숙해진 듯 청바지와 재킷, 운동화 차림에 손에 가죽장갑을 끼고 있는 젊은 여자의 모습을 본다. 젊은 여자는 조용히 조심스럽게 걷고 옷장과 서랍을 열고 바닥에 비운다. 무언가를 찾는 것인지 그냥 즐기는 것인지는 분명하지 않다.
갑자기 밖에서 자물쇠가 딸깍하고 열쇠 구멍에서 열쇠가 돌아간다. 젊은 여자는 두려움에 떨고 재빨리 주위를 둘러보고 무대 오른쪽에 있는 옷장 옆에 숨는 것 외에 다른 선택이 없다는 것을 알아차린다. 몇 초 후, 세련된 비옷을 입은 한 여성이 큰 여행 가방을 들고 방에 들어와 바닥에 놓는다. 침착하게 그녀는 방을 밝히고 겁에 질려 뒤로 물러난다.

여배우: (자신에게 소심하게) 거기에... 누가 있나?
(그녀는 몇 걸음을 내딛고 쓰러진 의자, 빼낸 서랍을 보고 비명을 지르지만 더 크게 비명을 지르기 전에 젊은 여자는 뛰어와 손으로 여배우의 입을 막는다.)
젊은 여자: (전문 범죄자의 목소리로 약간 어둡게) 진정해요!

당황하지 마세요!

(젊은 여자가 여배우를 놓아주고 그녀를 응시하며 문으로 뒷걸음치며 걸어간다.)

여배우: 하지만, 하지만... 당신은 누구세요? 여기에서 무엇을 찾고 있나요?

(여배우가 다시 비명을 지르기 시작할 때 젊은 여자는 거의 문에 다다랐다.)

여배우: 도와주세요! 도둑, 도둑...

(젊은 여자가 벌떡 일어나 싸우기 시작해 간신히 여배우의 입을 막는데 성공한다.)

젊은 여자: 또 입 벌리면 죽습니다!

여배우: (창백하고 말을 더듬으며) 그런데... 그런데 내가 뭘 한 거지... 당신에게 묻고 싶은 게...

젊은 여자: (그녀를 위협적으로 바라보며) 분명히? 한밤중의 손님을 만난 겁니다!

여배우: (벌써 정신을 차리고) 아니! 비명을 지를거요! 비명을 지를거요! 집들을 모두 깨울게요!

젊은 여자: (그녀에게 위협적으로 다가가서 장갑을 아주 조심스럽게 조절한다) 그럼 당신은 더 이상 살고 싶지 않군요! 당신은 이 사치를 떠나... 여행을 떠나는 것을... 그곳으로... (하늘을 가리킨다)

여배우: (벌써 더 용감하게) 안돼! 나는 살고 싶지 않지만 당신의 삶은 똑같이 실패했어요! 나는 당신이 도둑질하는 영광을 가진 마지막 사람이 될 거예요.

젊은 여자: 빈손으로 가겠습니다.

여배우: 아니! 나가지 못할 거요!

젊은 여자: 나갈 겁니다. 시체를 남기더라도...

여배우: (매우 자신만만하게) 아니요! 불가능해요!

젊은 여자: 나는 항상 밖에 나갔습니다.

여배우: 하지만 지금 당신은 주소를 잘못 알고 있어요.

젊은 여자: 경고합니다!

(젊은 여자가 여배우를 향해 위협적으로 다가온다.)

여배우: (뒤로 물러서지만 문 쪽으로, 나가는 길을 막는다)
　　　　내 인생은 소중하지 않지만, 당신의 일은 이제 실패할
　　　　거요!

젊은 여자: 정말? 2년이나 해왔습니다! 망칠 자는 아직 나타
　　　　나지 않았습니다.

여배우: (자신을 가리키며) 벌써 나왔네요.

젊은 여자: 당신의 경력은 당신에게 중요합니다. 당신은 나
　　　　를 다룰 시간이 없습니다.

여배우: 지금 당신을 놓아주면 내일 당신이 다시 와서 내
　　　　아파트의 모든 것을 가져갈 거예요.

젊은 여자: 나는 한번 갔던 곳으로 다시 가지 않습니다!

여배우: (풍자하며) 흠, 당신은 나를 편안하게 해줬어요! 하
　　　　지만 당신은 다른 아파트에 들어가고, 다른 가족을 털
　　　　고, 누군가를 살해할 수도 있어요...

젊은 여자: 그게 흥미가 있나요? 당신은 살 것입니다! 당신
　　　　의 보석은 손도 안되고 그대로 있어요. 당신은 자물쇠
　　　　를 바꾸고 언제나처럼 평온하게 살 것입니다.

여배우: 하지만 당신을 놓아준다면 절대 변명하지 않겠어요.
　　　　내일 당신은 내가 타는 전차를 조용히 같이 타고 저녁
　　　　에는 텔레비전 앞에 앉아 나를 어느 드라마에서 볼 것

이며 심지어 내 두려움과 비겁함을 놀릴 거예요.

젊은 여자: 지금 당신을 놀립니다. 아무도 당신에게 관심이 없습니다. 정말, 당신은 당신 아파트의 오른쪽과 왼쪽에 누가 사는지 모릅니다.

여배우: 하지만 이제 나는 당신에게 관심이 있어요!

젊은 여자: 정말 영광입니다!

여배우 : 우리 집에 몰래 머문 사람도 없고, 여기 스스로 온 사람도 벌을 받지 않고는 나갈 수 없어요!

젊은 여자: 상황에 따라...

여배우: 네. 이제 모든 것이 나에게 달려 있어요. 당신이 조용히 편안히 떠나야 할지, 감옥에 갇히면 괜찮을지 결정할 권리는 나에게만 있어요.

젊은 여자: 의미 없는 수다를 떨 시간이 없습니다. 다른 아파트가 나를 기다릴지 모릅니다. 결국, 당신은 또한 종종 같은 날에 여러 공연을 합니다. 내가 사라질 때까지 조용해요!

(젊은 여자는 문을 향해 나가지만, 여배우는 싸늘한 시선으로 젊은 여자를 막는다.)

여배우: 아니요! 수갑만 차고 나갈거요!

젊은 여자: 누가 나에게 수갑을 채울지 궁금합니다. 아니면 당신은 금팔찌뿐만 아니라 수갑도 몇 개 가지고 있을지도 모르겠습니다.

여배우: 내가 알아서 할게요.

젊은 여자: 인내심을 잃고 있습니다...

여배우: 진정해요, 아가씨. 결국, 당신의 몸무게는 45kg에 불과해요. 당신은 손가락으로도 나를 만질 수 없어요

(여배우는 무심코 전화기에 가까이 다가가려 하지만 젊은 여자는 고양이처럼 뛰어올라 전화선을 잡아당긴다.)

여배우: (뒤로 물러서며 혼잣말을 하듯) 그럼 누가 날 도와 줄까. 너무 많은 복잡한 문제를 나 스스로 해결했어 요… 이 문제도 같은 방식으로 해결할 거요!

(그녀는 젊은 여자를 의미심장하게 바라본다.)

젊은 여자: 확실합니까?

여배우: 네! 이제 아무도 우리를 괴롭히지 않을거요. 나는 전화를 좋아하지 않아요. 우리가 가장 곤히 자고 있을 때나 재미있는 책에 빠져 있거나 중요한 대화를 하고 있을 때 깨워줘요..

(여배우가 전화기를 들고 바닥에 던진다.)

젊은 여자: 저는 여전히 전화기를 좋아합니다. 우리가 달콤 하게 잠들거나 재미있는 책을 읽을 때, 누군가가 우리 를 필요로 한다고, 누군가 우리에게 도움을 요청하거나 조언을 구하거나, 단순히 누군가가 우리의 목소리를 듣 고 싶어한다는 것을 상기시키려 벨소리가 울립니다.

(젊은 여자가 다정하게 전화기를 집어 제자리에 놓는다.)

여배우: 오-오-오 아마도 낮에는 "신뢰의 전화" 서비스에 서 일할 거예요.

젊은 여자: 저는 밤에만 일합니다.

여배우: 그리고 왜 서둘러요? 당신의 근무 시간은 아직 끝 나지 않았어요.

젊은 여자: 일할 시간이 없습니다.

여배우: 그럼 저를 초대해 주세요.

젊은 여자: (풍자하며) 대단히 감사합니다. 당신은 매우 친

절하지만 제 남편은 이미 걱정하고 있습니다. 내가 어디에 누구와 있는지...

여배우: 전화기를 손상시키지 않았다면 그에게 전화를 걸어 여자친구를 방문했다고 말할 수 있었을 텐데...

젊은 여자: 그게 바로 그를 의심하게 만드는 것입니다.

여배우: 당신같은 직업을 가진 여자의 남편들이 이렇게 질투하는 줄 몰랐어요.

젊은 여자: 아니요. 그는 내가 여자가 아니라 남자가 손님으로 나를 초대하는 곳을 두려워합니다.

여배우: 그리고 확실히 제복을 입은 남자!

젊은 여자: (못 들은 듯) 게다가 우리 아들은 아직 저녁을 안 먹었을지도 모릅니다. 서둘러서 저녁 먹을 것을 준비해야 합니다.

여배우: 불쌍한 아이!

젊은 여자: 네, 일 때문에 시간이 없고 어느새 자정이 다가오고 있습니다.

여배우: 인생은 어떤 여성에게도 쉽지 않네요.

젊은 여자: 하지만 당신한테는 아닙니다. 남편도 없고 아이도 없이 외톨이... 아침까지 수다 떨고... 내게 커피 한 잔 하자고도 하고...

여배우: 물론! 깜빡 잊었네! 바로 커피를 내릴게요.

젊은 여자: 걱정마세요.

여배우: 곧 준비가 될 거요.

(여배우가 일어나려고 하지만 젊은 여자가 그녀를 의자에 밀치고, 목소리가 갑자기 다정해 보이던 것에서 위협적으로 바뀐다.)

젊은 여자: 가만히 있어요!

여배우: 당신이 남편이 있다고 생각하지 않았어요.

젊은 여자: 정말?

여배우: 당신은 너무 젊어요! 그런 보물을 아니 그보다 더
　　　　용감한 아내를 가진 행운의 남자는 누구일까요?

젊은 여자: 아마도 아랑 드롱일 겁니다.

여배우: 아마도 아랑 드롱처럼 보일 것입니다.

젊은 여자: 마음대로 이해하세요.

여배우: 그리고 그는 무엇을 합니까?

젊은 여자: 아랑 드롱?

여배우: 아니요. 남편?

젊은 여자: 그가 엔지니어라고 말할게요.

여배우: 불쌍한 당신! 돈이 충분하지 않아서 아내가 그렇게
　　　　위험한 직업을 갖기로 동의한 것일 수도 있네요.

젊은 여자: 맞습니다.

여배우: 그런데 어떤 남편인가요? 왜 그는 그렇게 연약하고
　　　　힘없는 여성에게 불가능한 것을 요구하나요? 그가 초과
　　　　근무를 하면 더 좋지 않을까요? 예를 들어, 그를 택시
　　　　운전사가 되게 해요. 더 많은 돈을 정직하게 벌 거예요!

젊은 여자: 아마 차가 없을 겁니다.

여배우: 이제 자정에 일하는 이유를 이해해요. 당신은 차를
　　　　갖고 싶어하는군요.

젊은 여자: 어떻게 추측했습니까?

여배우: 맞아요! 진취적인 여성! 당신은 나에게 친절해지기
　　　　시작했네요.

젊은 여자: 정말?

여배우: 그리고 좀 더 정직하게 돈을 버는 방법을 찾는 게 어때요?

젊은 여자: 남편이 택시 기사가 되어야 합니까?

여배우: 왜 안돼나요?

젊은 여자: 그는 하루 종일 공장에서 일한 다음 개인 자동차를 사용하여 택시 운전사로 일하면서 몇푼 안 되는 지폐를 집에 가져와야 합니까?

여배우: 하지만 솔직히...

젊은 여자: 아마 당신은 질 나쁜 상품을 두 배 가격에 파는 상인이나 당신의 보드카에 물을 추가하는 웨이터의 돈이 정직하다고 생각할지도 모릅니다...

여배우: 그것은 또 다른 주제인데요.

젊은 여자: 네, 하지만 당신은 상인과 웨이터와 함께 같은 전차를 조용히 타고 있습니다. 심지어 당신은 그들에게 미소를 짓고 매우 친절합니다. 그러나 그들은 당신이 순진하다고 생각하고 자연스럽게 양심의 가책없이 당신을 속입니다.

여배우: 네, 나는 그들에게 미소를 지어요.

젊은 여자: 우리가 텔레비전 화면에서 자주 보았던 당신만의 환한 미소로.

여배우: 당신은 나를 부러워하네요.

젊은 여자: 네, 인생을 무대 위에서처럼 연기하는 당신의 능력이 부럽습니다. 그러나 극장에서 당신이 이 미소에 대해 돈을 받는다면, 당신은 인생에서 악당들이 그들의 손을 당신의 주머니에 더 깊이 넣도록 격려합니다.

여배우: 그건 내 개인적인 문제예요.

젊은 여자: 아니요, 왜냐하면 당신이 그들에게 미소를 지으면 그가 미소를 지으면 내가 미소를 지으면 그들이 정직한 사람이라고, 우리가 아니라 오직 그들이 정직하게 자기 돈을 번다고 생각할 것이기 때문입니다.

여배우: 당신은 동일한가요?

젊은 여자: 네, 바로 접니다! 웃지 않으니까! 나는 그들에게 미소 짓고 싶지 않습니다!

여배우: 내 말이 맞다면 당신은 가장 정직하고 타협하지 않는 사람이네요.

젊은 여자: 네.

여배우: 그들이 일하고 있는 한밤중에 살금살금 조용히 그들의 아파트에 들어왔기 때문이죠.

젊은 여자: 아니, 어느 호화로운 호텔방에서 여자친구와 걱정없이 잠을 잘 때.

여배우: 병원에서 근무할 때나 공장에서 밤에 일할 때…

젊은 여자: 아닙니다, 어느 해변 휴양지에 "정직한" 돈을 뿌릴 때...

여배우: 하지만 재미는 공짜가 아니예요

젊은 여자: 예, 사랑의 용도입니다. 그래서 편히 즐기려고 당신을 속입니다. 하지만 바로 그 순간 그들이 가장 행복한 순간 나는 그들의 고급 아파트에 조용히 발끝으로 운동화를 신고 들어와 삶은 끝없는 파티가 아니라고 지적하는 겁니다.

여배우: 빛나요! 나는 우리가 같은 직업을 가지고 있다고 생각하지도 않았네요!

젊은 여자: 정말?

여배우: 네! 당신은 조용히, 발끝으로, 운동화를 신고 그들의 고급 아파트에 들어가고, 나는 시끄럽고, 무례하게, TV 화면에서 곧장 들어가요. 삶은 정말 끝없는 파티가 아니라고 지적하는 것처럼 그들에게 같이 걱정시키려고

젊은 여자: 하지만 오늘 저녁에는 내가 당신을 걱정시켰습니다.

여배우: 내 양심은 맑아요.

젊은 여자: 확실합니까?

여배우: 이번에는 직업 의식이 당신을 배신했네요.

젊은 여자: 그것은 나를 배반한 적이 없습니다. 나는 사람들을 압니다.

여배우: 됐어요! 이 무의미한 이야기, 양심의 가책, 영혼의 고통에 관한 어리석은 말은 그만해요. 나는 그것들을 여러 번 들었어요. 여러 드라마에서 천 번도 넘게 되풀이했어요. 명확하고 간결하게 대답하세요! 여기서 뭘 찾고 있었나요? 돈, 보석?

젊은 여자: 사람들이 얼마나 이상한지. 우리는 확실히 우리 자신이 고안하고 만든 어떤 테두리 안에 모든 사람을 포함하기를 원합니다. 이것은 좋고, 이것은 나쁘고, 이것은 정직하고, 이것은 도둑입니다. 그리고 우리가 모든 사람을 생각해 낸 테두리에 넣었을 때 우리는 이미 완전히 침착합니다. 그리고 정직한 가정에서 태어나 위험한 감정적 경험을 추구하는 착하고 교육을 잘 받은 젊은 여자가 어떤 테두리에 들어갈 수 있다고 생각하십니까?

여배우: 그래서 당신은 단지 위험한 경험을 찾고 있고 가능

하다면 약간 화려해야 해요.

젊은 여자: 당신은 그것을 짐작했네요. 왜 남자들만 아파트를 털어야 합니까? 여성도 이것을 잘 할 수 있습니다. 비슷한 아파트 건물에서 문을 여는 것이 어렵습니까?

여배우: 대단해요! 당신은 확실히 힘이 부족하지 않아요!

젊은 여자: 나는 압도적인 힘에 대해 이야기하고 있습니다. 정말 나는 보기만 해도 문을 엽니다.

여배우: 그리고 당신은 그것을 어디에서 완벽하게 했나요?

젊은 여자: 나는 직업상의 비밀에 대해 말하지 않습니다.

여배우: 차례로 내 문은 어땠나요?

젊은 여자: 모르겠습니다. 처음에는 통계를 작성했습니다. 기네스 북에 들어갈 수 있도록 어떤 종류의 기록을 위해 노력했습니다. 내가 정확히 어디에 있었는지, 언제 있었는지 등을 정확히 기록했는데, 문서가 커져 증거가 되지 않도록 불태워 버렸습니다.

여배우: 그런데 왜 이런 일을 하는 거죠?

젊은 여자: 왜요? 차도, 멋진 옷도 갖고 싶고, 지중해에서 쉬고 싶고, 아크로폴리스도 보고 싶고... 하하하...

여배우: 하지만 무슨 일이 있었나요?

젊은 여자: 이미 졸린 것 같습니다. 게다가 우리의 솔직한 대화는 당신을 완전히 만족시키지 못합니다.

여배우: 아무것도 이해가 안 돼요!

젊은 여자: 모든 것이 너무 명확합니다. 나는 내가 원하는 모든 것을 가졌습니다. 좋은 가정에서 자랐고 부모님은 당신처럼 정직하게 돈을 벌었습니다.

여배우: 정말 당신처럼 자정에 마음대로 방문하지는 않네요.

젊은 여자: 물론 아버지는 낮에만 일하셨습니다. 그는 관리자였습니다.

여배우: 관리자?

젊은 여자: 네, 공장장입니다.

여배우: 그리고...

젊은 여자: 그리고 아빠는 아파트 두 채, 자동차 한 대를 사고 별장을 지었습니다... 이제 휴식을 취하고 은퇴했습니다. 어쨌든 자정 이후에 나처럼 일하는 것을 아주 좋아하지 않습니다.

여배우: 당신 말이 맞아요, 당신의 직업은 매우 어려워요.

젊은 여자: 그리고 당신이 갑자기 돌아와서 내 작업 리듬이 깨졌습니다. 그러나 내가 시작한 것처럼 내가 간 뒤에 분명 열심히 일해야 할 것입니다. 이 큰 아파트를 정리하는 것이 쉽습니까?

여배우: 그래서 사치와 안락한 삶은 위험한 경험을 찾게 만들어요.

젊은 여자: 네.

여배우: 어떻게 아파트를 털기로 결정했나요?

젊은 여자: 우연히요. 최근 들어 주택을 훔치는 일이 늘었다고 합니다. 경찰은 끊임없이 누군가를 찾고 있습니다.

여배우: 네, 네, 저도 많이 무서웠어요. 조금 늦게 돌아오는 것조차 두려웠어...

젊은 여자: 누군가가 당신을 찾고 있지만 당신을 찾을 수 없다는 것을 알 때 얼마나 스릴넘치는 경험인지 상상해 보십시오. 특별한 게임입니다, 그렇죠? 가장 매력적인 역할보다 훨씬 더 흥미롭습니다.

여배우: 하지만 어떻게 시작했나요?

젊은 여자: 고전적이지요. 훌륭한 전문가가 되고 싶다면 고전적인 경험, 또는 오히려 당신보다 앞서 이 직업을 수행한 사람들의 수세기 동안의 경험이 매우 중요합니다.

여배우: 그럼 당신은 딜레탕트가 아니군요.

젊은 여자: 물론이죠. 나는 신중한 사전 준비를 시작했습니다. 나는 여러 권의 책을 읽었어요. 탐정 영화를 재미로 본 것이 아니라 전문가의 눈으로 봤습니다. 가끔 비슷한 영화에서 당신을 보기도 했는데, 솔직히 말해서 당신은 연기를 프로페셔널하게 하지 않았습니다.

여배우: 하지만 서로 화나게 하지 말아요.

젊은 여자: 좋아요. 먼저 대상을 선택했습니다. 처음에는 어려웠고 그들에 대한 정보가 부족했습니다. 그러나 우리나라에는 비밀이 없습니다. 예를 들어, 당신은 당신의 오른쪽과 왼쪽 이웃을 모르지만 그들은 당신을 완벽하게 압니다. 그들은 당신이 외출할 때, 돌아올 때, 누구와 함께 돌아올지 등을 알고 있습니다. 그들은 당신이 마지막으로 주연을 맡은 영화에 대해 어떤 종류의 사례금을 받았는지조차 알고 있습니다.

여배우: 그들이 모든 것을 알고 모든 것을 본다면, 어떻게 감히 집을 털어요?

젊은 여자: 그건 다른 얘기입니다. 누군가 당신의 아파트를 털었다면 그들은 모두 예외 없이 아무도 보지 못했다고 주장할 것입니다.

여배우: 정말 정확한 발언을 해주네요.

젊은 여자: 더 정확히 말하자면, 가끔 어느 집에 갔다면 며

칠 후에 내가 어떤 반응을 일으켰는지 보려고 다시 거기로 돌아가기 때문입니다. 내가 방문한 아파트의 주인은 정말 화가 났지만 이웃 사람들의 얼굴에는 이색하게 숨겨진 악의적인 미소가 있습니다.

여배우: 당신도 그렇게 보이나요?

젊은 여자: 네, 저 같은 직업 여성은 모든 것을 봐야 합니다. 이웃 사람들은 미안해하며 다음에 도둑을 개인적으로 찢을 것이라고 선언하지만 동시에 도둑이 바늘이나 아무것도 훔치지 않았다는 것을 잘 알고 있음에도 불구하고 서둘러 문 잠금 장치를 변경합니다.

여배우: 정말요?

젊은 여자: 정말 불친절한 사람들입니다. 하지만 그럼에도 자물쇠 공장은 내게 보상을 해줘야 합니다. 결국, 지난 몇 달 동안 그것의 생산량 증가를 크게 도왔습니다.

여배우: 기다려요! 얼마 전에 아파트에 도둑이 들었지만 아무것도 훔치지 않았다는 소식을 들었어요. 그는 단지 옷장, 서랍을 열었어요... 혹시 당신인가요?

젊은 여자: 아마도 다른 것이 있을 겁니다. 경쟁은 이미 우리 직업에 나타났습니다.

여배우: 근데 왜 그러나요?

젊은 여자: 예, 제가 말했습니다. 나는 스릴넘치는 경험을 찾습니다.

여배우: 스포츠에서, 사랑에서 그것을 찾아보는 건 어때요... 당신은 아름답고 건강해요...

젊은 여자: 마음에 듭니다.

여배우: 들키면?

젊은 여자: 그건 불가능합니다... 난 훔치지 않습니다.

여배우: 무슨 취미인가! 무엇을 해야할지, 여가 시간을 어떻게 보내는지 모르는 사람들이 있다는 것을 알고 있었지만 그런 여자를 만날 줄은 몰랐어요. 그런데 문을 열고 전혀 모르는 낯선 사람의 아파트에 들어서면 어떤 기분이 들까?

젊은 여자: 잠긴 문을 열고, 천 개의 잠긴 문을 열고, 미지의 세계로 들어가는 것, 그것이 우리 삶의 목적이 아닙니까!

여배우: 두렵지 않나요?

젊은 여자: 두려움은 용기있는 자를 보호하지 못합니다!

여배우: 뭔가 이해가 안 돼요. 그러나 그것은 미친 짓이고 당신은 위험에 처해 있어요! 매우, 매우 위험해요!

젊은 여자: 압니다. 하지만 여기에서 무언가가 나를 불태우고 있습니다. (가슴을 가리키며) 사람들이 이 커다란 콘크리트 동굴에서 어떻게 살고 있는지 궁금합니다.

여배우: (놀라며) 그들은 어떻게 살고 있나요!

젊은 여자: 그들의 아파트는 어떻게 생겼을까? 그들은 어떤 가구를 가지고 있고, 어떤 책을 읽고, 어떤 그림이 벽을 장식하고 있는지...

여배우: 당신은 내가 어떤 가구를 가지고 있는지, 내가 어떤 책을 읽고 있는지 보러 왔다고 나를 설득하고 싶은 모양이네요. 내가 순진하다고 생각하나요?

젊은 여자: 아니!

여배우: 근데 왜 내가 집에 없는 한밤중에 왔나요?

젊은 여자: 자정이나 낮에는 절대 당신을 찾을 수 없습니다.

결국, 당신은 인생에서 모든 것을 취하려고 노력하고 밤낮으로 살고 있습니다. 당신은 텔레비전에 출연하고, 영화에 출연하고, 연극 공연에 출연합니다...

여배우: 당신이 다른 사람들이 무엇을 읽고 있는지 알아내는 네 열정적이라면 나는 일하는 것에 열정적이예요!

젊은 여자: 그리고 내가 낮에 와서 겸손하게 당신에게 "로즈 여사님, 나는 당신을 알기 위해, 당신이 어떤 책을 읽고, 어떤 그림을 가지고 있는지 보기 위해 왔습니다." 하고 말한다면 지금보다 더 겁에 질려서 내가 오랫동안 의식을 되찾지 못할만큼 그렇게 문을 닫았을 텐데. 아마 경찰을 부를 수도 있을 겁니다.

여배우: 아마도..

젊은 여자: 그래서 내가 밤을 택한 이유는 부드러운 운동화를 신고 발끝으로 당신의 아파트에 들어갈 수 있도록… (젊은 여자는 방에서 몇 걸음을 내딛는다.) 분명히 신발이 있든 없든 오랫동안 아무도 여기에 들어오지 않았습니다.... 모든 것이 돌로 변한 것 같습니다. 안락 의자, 탁자, 화병...신발이 있든 없든... 모든 것이 돌로 변한 것 같습니다. 안락 의자, 탁자, 화병...

여배우: 네, 오래 전에...

젊은 여자: 콘크리트 동굴의 문지방을 넘는 사람은 거의 없습니다. 우리가 우리의 벽을 채운 그림과 책에도 불구하고 그들 안에 있는 것은 얼마나 조용하고 슬픈가. (분명히) 아니! 더 이상 여기 있을 수 없어! 나는 갈 겁니다! 곧 1시가 됩니다. 콘크리트 도시는 오랫동안 잠들어 있습니다.

여배우: 머물러요! 우리의 대화는 아직 끝나지 않았어요!

젊은 여자: 가겠습니다! 내가 왜 당신을 걱정시킵니까? 내일 당신은 극장에서 리허설이나 공연을 아니면 아마도 텔레비전에서 할 겁니다. 하루 종일 피곤해서 누더기 같을 것입니다. 게다가, 당신은 나를 생각하겠지만, 물론 당신은 당연히 오랫동안 수배되어 온 도둑, 아니 더 정확히 여자 도둑을 신고하기 위해 가장 가까운 경찰서에 갈 시간도 없을 겁니다.

(젊은 여자가 일어서서 다정하게 웃는다.)

여배우: (단호하지만 그녀의 목소리에서 간신히 감지할 수 있는 요청을 느낄 수 있다) 앉아요!

젊은 여자: 뭐? 당신이 나를 위협할 차례입니까?

여배우: 우리의 대화는 아직 끝나지 않았고 이제 밤이 시작해요. 나에 대해 생각하지 말아요. 나는 깨어있는 데 익숙해요. 거의 격일로 밤마다 연극 공연을 하고, 종종 밤에 TV 쇼나 현재 촬영 중인 영화에 출연하지만, 이런 쇼에는 아직 참여하지 않았고 끝이 어떻든 상관없이 전문적으로 끝내고 싶어요.

젊은 여자: 하지만 나 없이! 갈 시간입니다...

여배우: 잠깐, 뭐 마실래요?

젊은 여자: 아무것도!

여배우: 아니요. 나는 우리가 마실 것이 있으면 좋겠어요. 술 한 방울이 필요해요. 위스키, 코냑, 베르무트...

젊은 여자: 아니요, 감사합니다.

(여배우는 코냑 한 병, 두 잔을 가져다가 잔을 채우고 조금 마시고 마치 혼잣말처럼 말한다.)

여배우: 오늘 내가 죄책감을 느끼는 것을 알고 있나요?

젊은 여자: (조용히) 당신은 당신의 양심이 깨끗하다고 주장했습니다...

여배우: (탁자 위에 있는 재떨이에 유리잔에서 한 방울을 붓는다) 2년 전 오늘, 아버지가 돌아가셨어요.

(젊은 여자는 그녀를 동정적으로 바라본다.)

여배우: 오늘 나는 모든 걸 버리고 고향으로 가기로 했어요.

젊은 여자: 왜 떠나지 않았습니까?

여배우: 당신은 알고 있었어요! 내가 오늘 집에 없다는 걸 알고 있었잖아! 어떻게 알았어요?

젊은 여자: (미소) 이미 말했잖아요. 나는 전문적으로 행동합니다.

여배우: 네, 나를 미행했네요. 당신은 내가 역에 간 것을 보았지만 내가 돌아올 것이라고는 생각하지 않았어요.

젊은 여자: 당신도 생각하지 않았죠...

여배우: 네. 나는 표를 사서 기차에 탔지만 출발하기 전에 내렸어요.

젊은 여자: 왜요?

여배우: 그러나 나는 내일 영화 공장에 가기로 결정했고 나에게 제공되는 역할을 수락해요.

젊은 여자: 그래서 당신도 똑같이 전문적으로 행동했습니다.

여배우: 프로답게, 프로답게! 우리는 정말 저명한 전문가가 되었고 우리를 아주 많이 사랑하신 부모님의 무덤에 꽃 하나를 놓을 시간이 없어요.

젊은 여자: 극적으로 굴지 마세요! 당신은 극장에 없습니다.

여배우: 우리를 매일 미치게 만드는 이 끔찍한 회전목마를

멈춰야 해요.

젊은 여자: 그것은 당신에 따라...

여배우: 네. 기차에서 내려 집에 와서 당신을 여기에서 찾았네요! 우연이 아니었군요! 인생에 우연이란 없어요!

젊은 여자: 아니!

여배우: 그래서! 우리는 만나야만 했어요!

젊은 여자: 아마도...

여배우: 바로 여기. 이 장소에서, 그 순간에.

젊은 여자: 네.

여배우: 아마도 한 번, 전에, 당신도 여기에 있었어요. 당신은 지금처럼 부드러운 운동화에 재킷을 입고 청바지를 입고 들어 왔어요. 아니면 당신처럼 위험한 경험을 찾고 있었고 똑같이 청바지, 재킷, 부드러운 운동화를 입은 젊은 남자와 함께 여기에 왔을 수도 있어요. 아마도 여기에서 길게 아주 오랫동안 서로 키스했을 거구요.

젊은 여자: 무슨 일입니까?

여배우: 네. 당신은 존재했고, 항상 당신은 존재했어요. 당신은 나를 생각했고, 나를 따라왔고, 유심히 관찰했고... 그리고 나는 당신이 존재한다고 생각하지 않았어요.

젊은 여자: 과장하지 마세요! 여배우들은 관심의 중심에 있기를 정말 좋아합니다.

여배우: 진심이예요. 당신이 살아있다고, 당신이 존재한다고 생가해본 적이 없어요...

젊은 여자: ...우리가 같은 전차를 타고 여행한다는 사실...

여배우: 나는 당신과 당신과 같은 다른 사람들에 대해 생각한 적이 없어요. 당신의 이름은 무엇인가요? 누구세요

나는 당신에 대해 더 알고 싶어요.

젊은 여자: 나는 모든 것을 말했고, 더 많이 말했습니다. 왜 필요한가요? 내일 당신은 나를 잊고 우리의 특별한 만남을 미소로 기억할 것입니다.

여배우: 아니! 난 당신을 잊지 않을거예요! 당신의 무언가가 나를 매료시켜요. 당신의 용기 또는 당신이 누구인지에 대한 당신의 추진력. 난 그렇게 될 수 없어...

젊은 여자: 아마 나도 못 할지도 모릅니다.

여배우: 아니요. 당신 나이에 무엇이든 할 수 있어요!

젊은 여자: 오늘밤 내가 무엇이든 할 수 있다는 것을 스스로에게 증명하기 위해 여기 왔다고 생각합니까?

여배우: 당신이 왜 들어왔는지 이제 상관없어요. 나는 알고 싶지 않아요. 중요한 것은 당신이 들어왔고 여기에 있다는 것이예요…

젊은 여자: 당신은 진지하지 않습니다.

여배우: 네, 당신이 와야 한다는 것을 당신이 이해하지 못하기 때문에 우리는 만나야 했어요. 당신은 나도 어렸을 때 당신과 같은 위험을 감수했다는 것을 상기시켜 주었어요. 그리고 이제 내가 누구인지, 왜 살고, 왜 일하는지...

젊은 여자: 내가 왜 왔는지 말했잖아요?

여배우: 상관없어! 당신이 여기 있다는 것이 중요해요! 당신이 여기 있어서 기뻐요!

젊은 여자: (풍자하며) 훌륭합니다.

여배우: 가끔 보고 싶을 때가 있어요. 나는 당신을 만나야 해요. 다시 오겠다고 약속해요! 당신은 와서 내가 극장

에서 돌아올 때까지 기다려요. 약속해요! 이것이 열쇠예요. 가져요!

젊은 여자: (손을 뒤로 밀며) 아닙니다!

여배우: 가져가. 저녁에 나는 서둘러 돌아올 거에요. 참으로 나는 여기서 당신을 찾을 것이라는 것을 알게 될 거예요. 자, 열쇠를 받아요!

젊은 여자: 난 당신의 열쇠가 필요하지 않습니다. 잠긴 문을 열고, 원래의 열쇠도 없이 또 다른 미지의 세계에 있는 이상한 아파트에 잠입하는 것이 어떤 행복인지 의심조차 하지 않습니다.

여배우: (자신에게) 아니면 마음 속으로 스며들거나. (젊은 여자에게) 가져가, 열쇠를 가져가요!

젊은 여자: 내가 때때로 여기 오면 당신에게 쉽지 않을 것입니다. 내일 당신은 다시 극장으로, 텔레비전으로, 영화 공장으로 달려가기 시작할 것입니다. 그리고 당신은 다시 친절하게, 걱정없이 미소 지을 것입니다...

여배우: 아니! 아니요!

젊은 여자: 그리고 나! 누구에게 열쇠를 주어야 합니까? 나도 하루만이라도 도망치고 싶은데 그게 불가능합니다. 우리 자신에게서 도망치는 것은 불가능합니다...

(젊은 여자가 문을 향해 출발한다.)

여배우: 기다려! 당신의 이름을 말하세요!

젊은 여자: (돌아서며) 이름을 밝히지 않겠습니다.

(밖으로 뛰어간다)

여배우: 왜 뛰는거야! 감히 열쇠를 가져가는 게 어때!
    (혼자서) 어떤 문이나 심장의 열쇠를 갖고 있는 것이

더 좋지 않나....

끝

소피아, 1991년 1월 19일

"마음 속으로 스며들기"

다음과 같이 공연되었다.
1991년 3월 23일 BEA의 "문학" 분과 문학 회의에 즈음하여
얌볼 시의 극장
1991년 6월 7일, 관광 에스페란토의 날을 맞아 소피아의 헝가리 문화원에서.
1991년 11월 2일 제2차 다뉴브 에스페란토 회의에 즈음하여
스비슈토프 시에서

안젤리나 소티로바, 네브야나 크라스테바 주연
안젤리나 소티로바 감독
이 노래의 음악은 네브야나 크라스테바가 작곡했다.

STELA MELODIO

ROLANTOJ:
Patro
Patrino
Filo
Direktoro

La scenejo prezentas ĉambron el granda loĝejo. En la ĉambro videblas kanapo, foteloj, kafotablo.

Patrino: Kion senĉese vi serĉas en viaj poŝoj, kvazaŭ iu prirabus vin? Kion vi serĉas?

Patro: La skribilon. Mi ne povas kompreni kie ĝi malaperis? Mi serĉis ĝin en la laborejo, ĉi tie, sed vane. Ĉu iu ŝtelis ĝin, ĉu mi perdis ĝin, tiel bela ĝi estis!

Patrino: Vi malsaniĝos pro ĝi. Ĉu ĝi tiel gravas?

Patro: Mi kutimiĝis al tiu ĉi skribilo. Antaŭ du jaroj mi aĉetis ĝin en Ĝenevo. Eble Viktor prenis ĝin, sen demandi min.

Patrino: Jes, pri ĉio Viktor kulpas. Certe vi skribis ion ie kaj poste vi forgesis preni ĝin.

Patro: Kiam Viktor revenos, mi demandos lin. Ĉu hazarde vi vidis per kiu skribilo li skribas?

Patrino: Mi tute ne vidis per kio li skribas.

Patro: Tamen Ĉu li skribas, legas kaj entute ion lernas?

Patrino: Kial vi demandas min? Vi estas la patro, demandu lin. Kiel vi bone vidas, mi frue eliras, malfrue revenas, kaj pro laboro eĉ liberan minuton mi ne havas.

Patro: Jes, tion mi bone scias. Nur vi laboras, nur vi havas tempon por nenio, kaj mi estas tute libera. Se mi dirus al vi, ke mia kapo doloras kaj mi estas terure laca, vi ne kredus.

Patrino: Strange, kial vi lacas?

Patro: La tutan tagon mi estis kun la aŭstraj kolegoj kaj nun nur germanaj vortoj svebas en mia kapo.

Patrino: Eble vi deziras diri, ke de kiam via entrepreno kontraktis kun aŭstra firmao, vi ĉiuj en via laborejo parolas nur germane kaj vi jam forgesis la gepatran lingvon.

Patro: Mi deziras diri nenion, ĉar kion ajn mi dirus, por vi ĝi estas sen signifo

Patrino: Mi opinias la samon pri vi. Se mi dirus, ke hodiaŭ mi estis en pluraj vendejoj por aĉeti tablolampon, vi nur indiferente levos la ŝultrojn.

Patro: Pli gravas, ke vi trovis kaj aĉetis ĝin.

Patrino: Nenion mi trovis kaj aĉetis. Morgaŭ denove mi devas vagi de vendejo al vendejo.

Patro: Do morgaŭ vi aĉetos ĝin.

Patrino: Jes, por vi tute egalas ĉu mi aĉetos ĝin aŭ ne.

Patro: Ĉu vi opinias, ke la aĉeto de tablolampo tiel gravas?

Patrino: Mi opinias, ke vi tute ne interesiĝas pri nia familio. Tute vin ne interesas kion ni devas aĉeti, kion mi kuiros por vespermanĝo, kion lernas via filo. Vi revenas de la laborejo, vespermangas kaj sidiĝas antaŭ la televidilo.

Patro: Vi bone scias kiom da problemoj mi havas en la laborejo...

Patrino: Jes, jes, nur vi havas problemojn. Mia vivo estas silenta kaj trankvila...

(Subite aŭdiĝas sonoro.)

Patrino: Strange, kiu venas. Viktor havas ŝlosilon.

(La sonoro ripetiĝas.)

Patrino: (al la patro) Ĉu vi malfermos la pordon?

Patro: Eble estas iu najbarino aŭ via amikino.

Patrino: Jes, por ĉio vi nur min atendas. Vidu tamen kiu sonorigas.

Patro: Pli trankvile, li aŭ ŝi atendos iom.

(La patro ekstaras kaj iras malfermi la pordon.)

Patro: Bonan vesperon.

Direktoro: Bonan vesperon. Ĉu familio Fringelo?

Patro: Jes. Bonvolu.

Direktoro: Verŝajne vi estas Antonio Fringelo?

Patro: Jes.

Direktoro: Mi nomiĝas Petro Gobio kaj mi estas direktoro de la lernejo, en kiu lernas via filo, Viktor.

Patro: Ĉu la direktoro...

Direktoro: Jes, mi devas paroli kun vi.

Patro: Kio okazis?

Direktoro: Ni devas paroli.

Patro: Bonvolu eniri.

(Ili ambaŭ eniras la ĉambron.)

Patro: (al la patrino) Aŭgusta, sinjoro Gobio estas direktoro de la lernejo, en kiu lernas Viktor. (al la direktoro) Mia edzino...

Direktoro: (etendas manon al la patrino) Bonan vesperon, sinjorino.

Patrino: Bonan vesperon.

Patro: (al la direktoro) Ĉu vi devas paroli nur

kun mi?

Direktoro: Ne, kun vi ambaŭ.

Patrino: (maltrankvile) Kio okazis? Ĉu io kun Viktor, ĉu li vivas...

Direktoro: Ne maltrankviliĝu, Viktor vivas kaj sanas.

Patrino: Ĉu aŭtomobila akcidento, aŭ eble... tramo...

Direktoro: Ne. Ne maltrankviliĝu. Ĉio estas en ordo, kaj eĉ mi opiniis, ke li jam revenis el la lernejo.

Patrino: Marde li revenas post la sesa vespere...

Direktoro: Jes, tamen pli bone, ke li ne estas ĉi tie...

Patro: Sed mi petas vin, kio okazis?

Direktoro: Io stranga, mi eĉ dirus nekomprenebla...

Patrino: Ĉu?

Direktoro: Jes. Do kiel klarigi al vi...

Patrino: Ni petas vin! Bonvolu klarigi ĉion.

Direktoro: Jes. Bone. Verŝajne jam de du semajnoj, preskaŭ ĉiun duan aŭ trian tagon, Viktor, via filo, venas en la lernejon post la noktomezo...

Patrino: Post la noktomezo...

Direktoro: Jes. Nun sabate, la 13-an de oktobro,

je la unua horo, post la noktomezo, li denove estis tie...

Patro: Ĉu en la lernejo?

Direktoro: Jes.

Patrino: Kaj kion li faras tie? Vi certe eraras! Nia filo nomiĝas Viktor Fringelo. Li estas dekjara kaj lernas en la kvara "b" klaso.

Direktoro: Jes, ĝuste. Viktor Fringelo el kvara "b" klaso.

Patrino: Sed ĉu vi aŭdas kion vi parolas? Kiel li povus eniri la lernejon post la noktomezo?

Direktoro: Jes, jam kelkfoje li estis tie, post la noktomezo!

Patro: Eble vi deziras diri, oni estis tie, do ne li sola...

Direktoro: Ne. Mi diris, li estis en la lernejo kaj tute sola...

Patro: Sed tio ŝajnas absurda!

Patrino: Tute ne eblas! Ĉu vi povas imagi, ke dekjara infano preskaŭ ĉiun duan aŭ trian tagon en la semajno vekiĝas post la noktomezo kaj tute sola iras en la lernejon?

Direktoro: Mi ne povis imagi tion! Mi mem, per miaj okuloj, vidis vian filon en la lernejo, sabate post la noktomezo.

Patrino: Vi vidis lin en la lernejo!

Direktoro: Jes! Ĉi-sabate, post la noktomezo!
Delonge mi suspektis, ke iu eniras la
lernejon kaj mi deziris persone konvinkiĝi
pri tio. Mi ne ekkredis, kiam mi vidis
Viktor, sed li eksentis, ke iu estas en la
lernejo, kaj forkuris...

Patro: Li forkuris?

Direktoro: Jes. Mi ne deziris postkuri lin. Mi
timis, ke eble mi kaŭzos al li traŭmaton! Mi
mem estis ŝokita.

Patrino: (krias) Ne! Mi ne kredas! Mi tute ne
kredas! Tio estas mensogo! Fia mensogo!

Patro: Sinjoro direktoro, ni petas vin pli detale
klarigi al ni ĉion. Sendube iu igis lin iri
post la noktomezo en la lernejon. Mi ne
scias kiuj estas la amikoj de mia filo, sed iu
certe...

Patrino: Ĉu vi aŭdas kion li parolas? Vi ne scias
kiuj estas la amikoj de nia filo. Ja ni bone
konas ilin. Ili estas liaj samklasanoj, la
gefiloj de niaj najbaroj, kaj ili ĉiuj estas
ĝentilaj, bonedukitaj infanoj. Jes, ni konas
kaj ilin kaj iliajn gepatrojn.

Patro: Jes, tamen bonvolu diri kiel ĝuste okazis
tio?

Direktoro: Hieraŭ, lunde, kiam mi parolis kun

Viktor, mi petis lin, ke li mem rakontu al vi ĉion detale. Mi menciis, ke mi deziras renkontiĝi kun vi, sed evidente eĉ vorton li ne diris al vi.

Patro: Ne! Nenion li diris.

Direktoro: Mi supozis tion.

Patrino: Do vi parolis kun Viktor.

Direktoro: Jes.

Patrino: Eble vi minacis lin.

Direktoro: Sinjorino, mi petas vin. Kiel eblas eĉ imagi tion!

Patro: (al si mem) Mankas logiko en tiu ĉi mistero. Dekjara infano vekiĝas post la noktomezo, eliras sola el la domo, iras en la lernejon, poste trankvile revenas hejmen kaj denove enlitiĝas. Sinjoro direktoro, ĉu vi deziras diri, ke nia filo estas somnambulo kaj li faras tion senkonscie kaj senmemore dum dormo, aŭ eble li estas... malsana...

Patrino: Ne! Ĉesigu ĉi stultaĵojn. Mia filo ne kuraĝas nokte sola iri eĉ en la ŝtuparejon kaj kiel eblas iri en la lernejon?

Direktoro: Ĉu vi opinias, ke mi ĝenus vin, se mi ne estus certa pri tio?

Patrino: Neniu pri io povas esti certa!

Patro: Bone! Ni supozu, ke preskaŭ ĉiun duan

aŭ trian nokton li iras en la lernejon, sed kial?

Direktoro: Jes. Kial? Ĝuste al tiu ĉi demando mi deziras respondi kaj tial mi estas ĉi tie.

Patrino: Se vi jam parolis kun li, ĉu li ne diris, kial li iras en la lernejon.

Direktoro: Ne! Al tiu ĉi demando li ne respondis.

Patrino: Kaj vi opinias, ke ni povus respondi. Eble, laŭ vi, ni igis lin viziti noktomeze la lernejon, eĉ verŝajne ni akompanis lin ĝis la lerneja pordo.

Patro: Aŭgusta, mi petas vin. (al la direktoro.) Ĉu io malaperis el la lernejo, do mi deziras demandi, ĉu li prenis, aŭ pli ĝuste, ĉu li ŝtelis ion?

Patrino: K-k-kion? Kion vi parolas? Ĉu vi freneziĝis! Kiel vi povus eĉ supozi tion?

Direktoro: Ne! Nenio malaperis! Nenio mankas!

Patro: (al la patrino) Aŭgusta, pardonu min, la problemo estas tre serioza,

Patrino: Jes. Tre serioza, sed Viktor ne povas fari tion! Ĉu vi ne komprenas? Mi, kiel patrino, bonege konas lin. Li estas singena, nedecidema, eĉ mi dirus malkuraĝa kaj li neniam povus fari tion!

Direktoro: Mi same estas patro kaj mi deziris paroli kun vi kiel patro kun gepatroj. Mi venis ĉi tien ne por riproĉi vin, eĉ ne por informi vin pri tio, kio okazis, sed nur por kompreni la kialon kaj por ke kune ni pripensu, kion ni devas fari. Ja li estas nur dekjara.

Patrino: Komprenemble! Li estas nur dekjara. Tio estas stultaĵo kaj vi ne devas perdi vian tempon!

Direktoro: Bone! Mi nur deziris helpi al vi! Ĝis revido!

(La direktoro ekstaras kaj ekiras al la pordo.)

Patro: Bonvolu atendi. Mia edzino estas iom konfuzita, kaj vi mem komprenas, ke tio ŝokis nin.

Patrino: Pli bone diru ne iom konfuzita, sed tute freneza, ĉar mi vere devas esti freneza, por ke mi trankvile aŭskultu, ke mia filo estas somnambulo, idioto aŭ krimulo.

Patro: Aŭgusta, mi petas vin, trankviliĝu! Sidiĝu! (al la direktoro) Pardonu min. Mi parolos kun mia filo, sed bonvolu diri al mi ĉion, kion li rakontis al vi. Eble al mi li rakontos ion alian. Direktoro: Jes, li estas infano. Mi provis paroli kun li amike, sed sincere dirite, mi ne sukcesis. Li ne estas parolema.

Patrino: Kompreneble! Ĝis nun vi asertis, ke li agema! Li vekiĝas noktomeze, eliras, mistere iras en la lernejon... Ĉu hazarde li ne estas eksterterulo...

Patro: Aŭgusta, mi petas vin! (al la direktoro) Jes, Viktor estas silentema.

Direktoro: Jes, silentema kaj malkomunikema. Kiel vi menciis, li estas sinĝena, sed ne malkuraĝa.

Patro: Mi komprenas, sed ĉu vi opinias, ke ni devas konsulti kuraciston? La tuta afero ŝajnas al mi ege stranga.

Patrino: Antonio, ĉu vi aŭdas kion li parolas? Kiel eblas opinii, ke via filo estas mensmalsana? Se delonge vi ne malfermis lian notlibreton, vidu ĝin. Li havas nur perfektajn notojn!

Patro: Jes. Tion mi scias, sed ĉio alia estas ege stranga kaj ege malklara.

Direktoro: Jes, ege stranga!

Patro: Tamen, kiamaniere li sukcesas eniri la lernejon? Ĉu li rompas fenestron?

Direktoro: Ne!

Patrino: (ironie) Eble vi donis al li ŝlosilon?

Direktoro: Verŝajne tage li iomete malfermas

unu el la fenestroj sur la unua etaĝo.

Patro: Sed ĉiu fenestro havas metalajn kradojn!

Direktoro: Jes, tamen evidentiĝis, ke la distanco inter du el la kradoj estas iom pli larĝa kaj li sukcesas enŝteliĝi inter ili, ja li estas sufiĉe maldika.

Patrino: Dio mia! Mi jam tute ne povas ekkredi tion!

Patro: Ĉio similas al vera krimrakonto!

Direktoro: Jes, nekomprenebla krimrakonto, kiun nur li povas klarigi.

Patro: Sed, kiel vi diris - li silentas!

Direktoro: Aŭ pli ĝuste li respondas nur per unu aŭ per du vortoj. Li diras : mi vekiĝas, eliras el la domo, iras al la lernejo, eniras ĝin...

Patro: Ĉu nur tion li diras?

Direktoro: Jes.

Patro: Sed kial li faras tion?

Direktoro: Li ne respondas. Mi plurfoje demandis lin. Preskaŭ tutan horon ni estis kune. Mi provis konversacii kun li. Pli ĝuste mi parolis kaj li silentis.

Patro: Ĉu li nur silentis?

Direktoro: Ne tute. Mi provis pli profunden penetri en lin, en liajn pensojn, en lian

vivon. Mi demandis lin, kion vi laboras? Li
diris, ke vi estas inĝeniero en iu uzino, kaj
vi laboras en iu sciencesplora instituto, sed
en kiu ĝuste, li ne povis diri.

Patro: Jes, neniam li demandis min, kion mi
laboras.

Patrino: Ne! Li bone scias, kie mi laboras.
Foje-foje li iris kun mi en la Instituton.

Patro: Laŭ mi, tio ne tre gravas.

Direktoro: Ne, gravas. Mi deziris ion pli ekscii
pri li, pri vi.

Patrino: Kion pli. Li estas nur dekjara. Li
ankoraŭ ne havas biografion. Li estas infano
kiel ĉiuj infanoj!

Direktoro: Vi ne komprenis min. Mi deziris
ekscii en kia familio li vivas, kiaj estas liaj
gepatroj. Pardonu min, sed mi supozis, ke
vi divorcis kaj nun mi vidas, ke vi loĝas en
bonaj kondiĉoj.

Patro: Jes. Niaj loĝkondiĉoj estas bonaj. La
loĝejo estis de miaj gepatroj, sed ili
forpasis. Viktor ofte restas sola hejme, sed
ni strebas ĉion havigi al li. Mi ofte veturas
ofice eksterlanden kaj pli malpli ĉion, kion
li deziras, mi aĉetas al li. Tamen ni ne
dorlotas lin!

Patrino: Jes, ni ne dorlotas lin. Mi strebas, ke li alkutimiĝu mem solvi siajn problemojn. Mi deziras eduki lin al memstareco. Jam nun li mem devas decidi pri ĉio!

Direktoro: Tio estas tre bona, sed...

Patrino: Al mi same neniu helpis. Mi naskiĝis en plurmembra familio, en provinco. Mi mem venkis la obstaklojn en la vivo. Mia patro estis ministo kaj li eĉ ne sciis, kie troviĝas la lernejo, en kiu mi lernas, li tute ne interesiĝis ĉu mi studos en la Universitato aŭ ne. Mia edzo, malgraŭ ke li naskiĝis en la ĉefurbo, same estis sufiĉe memstara. Je nenies helpo ni kalkulis. Ni ne havas protektojn, nek potencajn kaj riĉajn parencojn.

Direktoro: Jes, mi vidas, ke vi mem sukcesis atingi tion, kion vi deziris.

Patro: Preskaŭ nenion ni atingis. Neniam ni strebis al materiala prospero. Por mi mem ĉiam pli grava estis la profesio. Mi strebas esti bona fakulo. Mia edzino bedaŭrinde ne povis trovi konvenan laboron. Du jarojn ŝi ne laboris, ŝi zorgis pri Viktor, ja neniu alia povis zorgi pri li. Poste ŝi devis ŝanĝi du aŭ tri laborlokojn kaj eĉ nun ĝi ne estas tute kontenta de la nuna laboro.

Patrino: Antonio, nun ni ne pridiskutas oficproblemojn.

Patro: (al la direktoro) Pardonu min. Eble mi iom deflankiĝis.

Direktoro: Ne, ne. Mi pardonpetas. Mi vidas, ke malgraŭ ĉio, vi sukcesis krei agrablan hejmecan komforton. Ĉu la videoaparato estas japana?

Patro: Jes. Mi aĉetis ĝin en Tokio, sed mi ne havas tempon spekti videofilmojn. Ja vi vidas, vespere malfrue mi revenas, matene frue mi eliras.

Patrino: Nur Viktor okupiĝas pri la videoaparato. Mi eĉ ne scias kiel oni ŝaltas ĝin.

Direktoro: Sabate, la 13-an de oktobro, je kioma horo vi enlitiĝis?

Patro: Mi enlitiĝis je la dekunua. Mi havis kapdoloron kaj tre laca mi estis. Tutan tagon mi riparis mian aŭton kaj vespere mi jam estis sufiĉe nervoza.

Direktoro: (al la patrino) Kaj vi?

Patrino: Mi... Momenton. Jes, mi enlitiĝis post la fino de la televidfilmo. Jes, mi malŝaltis la televidilon.

Direktoro: Ĉu Viktor kune kun vi spektis la televidfilmon?

Patrino: Jes, komprenenble.

Direktoro: Ĉu ne estis lacige por li? Ja li estas infano kaj ne ĉiuj televidfilmoj konvenas al la infanoj.

Patrino: Kion vi parolas? Ili spektas tiajn videofilmojn, ke ofte mi ruĝiĝas.

Direktoro: Jes, tia estas nia nuntempo.

Patrino: Eĉ se ni deziras, ni ne povas malpermesi al ili tion. Vi bone scias, ke la malpermesita frukto pli dolĉas.

Patro: (al la direktoro) Tamen kion ni devas fari pri Viktor? Kion vi konsilos nin?

Direktoro: Laŭ mi, unue vi devas serioze paroli kun li. La konversacio estos malfacila.

Patro: Jes, sed kiel povis okazi tio.

Patrino: Mi certas, ke iu igis lin fari tion.

Direktoro: Parolu kun li kaj poste bonvolu telefoni al mi. (La direktoro ekstaras kaj ekiras al la pordo.)

Patro: Ni dankas al vi, sinjoro direktoro. Ĝis revido.

(La patro akompanas la direktoron ĝis la pordo kaj poste revenas en la ĉambron.)

Patro: (al si mem) Kiel strange!

Patrino: Ne nur strange, sed nekompreneble.

Patro: Jes, estis antaŭ kelkaj monatoj kaj tiam mi ne diris al vi, ĉar tio ŝajnis al mi nur infana fantazio.

Patrino: Pri kio temas?

Patro: En aŭgusto, kiam mi kun Viktor veturis al la maro, en la aŭto li rakontis al mi ege strangan kaj nekompreneblan historion.

Patrino: Kion?

Patro: Tute neatendite li komencis rakonti, ke en lia sonĝo aperas iu stranga homo kun brilaj metalaj vestoj, kiu vekas lin kaj ili kune eliras el la domo. Dum horo ili promenadas tra la silentaj stratoj de la urbo...

Patrino: Ili promenadas tra la urbo...

Patro: Jes. Komprenble, tiam mi komencis ridi, sed mi demandis Viktor kiel nomiĝas tiu homo kaj de kie li venas, kaj Viktor respondis, ke lia nomo estas Splendor kaj venas de iu planedo, kies nomon mi forgesis aŭ verŝajne Viktor mem elpensis ĝin.

Patrino: Ĉu?

Patro: Laŭ Viktor tiu homo estas nevidebla kaj nur Viktor vidas kaj komprenas lin. Tiam mi estis certa, ke temas pri infana imago kaj delonge jam mi estis forgesinta tiun ĉi konversacion. Ŝajne tiam Viktor ofendiĝis, ĉar neniam plu mi menciis pri tiu stranga gasto.

Patrino: Sendube temas pri infana imago. Viktor havas riĉan fantazion kaj kiel vi, ankaŭ li estas sinĝena, malkuraĝa. La timemaj infanoj ĝenerale havas riĉan kaj neordinaran fantazion.

Patro: Jes, li vere havas grandan fantazion.

Patrino: Entute mi ne povas kredi, ke meznokte li eliras el la domo, eniras la lernejon kaj sola promenadas tie. Mi certas, ke la direktoro ne rekonis lin kaj en la mallumo vidis tute alian knabon en la lernejo.

Patro: Vi bone aŭdis, ke Viktor mem konfesis ĉion al li.

Patrino: Certe iu el la pli aĝaj buboj diris al Viktor, ke se li tiom kuraĝus, li enirus meznokte en la lernejon. Poste ili telefonis al la direktoro kaj Viktor por pruvi al ili, ke li ne estas malkuraĝa, eniris la lernejon. Vi bone scias, ke la infanoj pretas entrepreni ĉiun stultaĵon.

Patro: Mi ne plu scias, kion mi scias kaj kion

mi ne scias.

Patrino: Jes, vi scias zorgi nur pri via laboro kaj
nenio alia interesas vin. Vi tute ne
interesiĝas kion faras via filo, kion li lernas,
kiuj estas liaj amikoj. Por vi pli gravas via
laboro. De mateno ĝis vespero vi nur
laboras kaj laboras... kaj poste iu alia
subskribas sin sub viaj konstruprojektoj, kaj
al vi oni ĵetas nur kelkajn panerojn.

Patro: Tion vi jam plurfoje diris, sed ne forgesu,
ke ĝi okazis nur foje kaj hazarde.

Patrino: Eĉ se ĝi okazis nur foje, vi devus tuj
defendi vian projekton, kiun vi mem faris!
Vi ne devus silenti kvazaŭ vi neniam vidus
ĝin! Tio estas senkuraĝeco!

Patro: Kaj se vi estas tiom kuraĝa kaj decidema,
kial jam dek jarojn vi ne povas trovi
konvenan laboron? Vi bone scias, ke sen
kompromisoj ne eblas!

Patrino: Kompromisoj! Ĉu tio estas kompromiso,
ke vi silentu kaj ne kuraĝu defendi vian
propran projekton, kiun vi faris dum tagoj
kaj noktoj!

Patro: Mi ne komprenas kion komunan havas
mia projekto kun la delikto de Viktor?

Patrino: Jes, havas, ĉar se vi estus decidema, vi

ne permesus al la direktoro aludi, ke via filo estas somnambulo aŭ krimulo.

Patro: Kaj laŭ kiel oni povus klarigi la okazintaĵon?

Patrino: Kiel! La pli aĝaj buboj igis lin fari tion, poste ili diris ĉion al la direktoro kaj Viktor ne havis alian eblecon ol konfesi ĉion.

Patro: Ĉu, hazarde, Viktor rakontis ĉion al vi?

Patrino: Nenion li rakontis, sed ne estas malfacile diveni kio ĝuste okazis.

Patro: Ni nepre devas paroli kun li.

Patrino: Ne! Ni devas fari ĉion eblan, por ke oni forgesu ĉion!

Patro: Ĉu? Kiel eblas!

Patrino: Ni parolos kun la direktoro, kaj se li obstinas, Viktor komencos lerni en alia lernejo.

Patro: Sed tio ne solvos la problemon, kaj eble Viktor pensus, ke li nenion malbonan faris.

Patrino: Ĉu? Laŭ vi, kion ni devas fari? Ĉu ni sendu Viktor en malliberejon?

Patro: Ni devas serioze paroli kun li!

Patrino: Serioze paroli! Kiu malhelpas vin? Parolu! Sed sincere dirite, mi tre malofte vidas vin paroli kun li.

Patro: Anstataŭ riproĉi min, bonvolu pli bone

pripensi viajn vortojn, kiujn ofte vi diras al
li.

Patrino: Kion vi aludas?

Patro: Mi deziras diri, ke tre ambicie vi penas
elradikigi lian timon kaj heziton.

Patrino: Jes! Mi deziras, ke li estu viro! Vera
viro! Li haltu antaŭ nenio! Li ne timu! Li
estu kuraĝa, ege kuraĝa! Mi ne povas plu
rigardi avinojn ĉirkaŭ mi! Se li naskiĝis
viro, li estu vera viro!

Patro: Ĉu via misio ne estas iom danĝera?

Patrino: Jen, vi denove timas! Vi timas, ĉu ne!

Patro: Jes, mi timas. Mi timas, kiam iu penas
krei fortan personon, kaj tute ne pensas
kion signifas tio.

Patrino: Tio povus signifi ĉion, sed ne silenton,
rezignemon, kompromison!

Patro: Do se tio signifas kuraĝon kaj sinceron,
kial vi mem ne estas sufiĉe kuraĝa kaj
sincera? Se vi deziras krei fortan personon,
unue vi devas esti forta!

Patrino: Estu trankvila. Mi estas forta. Mi ne
permesos al iu alia subskribi mian propran
projekton!

Patro: Tiam, kial vi ne kuraĝis diri al la
direktoro, ke sabate vespere vi ne spektis la

televidfilmon, ke vi enlitiĝis eĉ antaŭ mi kaj Viktor restis sola spekti la filmon. Kial vi defendas Viktor, kial vi pravigas lin?

Patrino: Ĉar, krom ĉio, mi estas patrino...

(Aŭdiĝas malĝloso de la pordo kaj post sckundoj Viktor eniras la ĉambron.)

Filo: Saluton.

Patro kaj patrino: Saluton.

Patrino: Ĉu vi estas malsata?

Filo: Jes.

Patrino: Nun mi pretigos la vespermanĝon. Estas limonado.

Filo: Bone.

Patrino: Ĉu la instruistino pri literaturo ankoraŭ estas malsana?

Filo: Jes.

Patro: (al la filo) Sidiĝu!

Filo: Bone.

Patro: Mi opinias, ke vi devas diri ion al ni.

Filo: Kion?

Patro: Ion tre interesan, eĉ neordinaran.

Filo: Nenion interesan mi aŭdis.

Patro: Eĉ pri noktomezaj promenadoj vi ne aŭdis, ĉu ne?

Filo: (Silentas)

Patro: La direktoro de la lernejo estis ĉi tie, kaj

nun klarigu ĉion!

(La filo silentas.)

Patro: Kial vi silentas? Kial vi ne rakontas?

Filo: Iam mi rakontis al vi, sed vi diris, ke tio estas elpensajo, stultaĵo...

Patro: Jes, sed nun mi deziras denove aŭdi tiun ĉi stultaĵon!

Filo: Ne estas stultaĵo.

Patro: Ĉu vi ne povis elpensi ion pli saĝan? Mi tute ne komprenas kiel vi havas emon noktomeze iri en la lernejon? Tage vi iras sendezire kaj pri la noktomezo - mi eĉ ne povas imagi!

Filo: Jes, nokte mi iras!

Patro: Mi ne komprenas vin!

Filo: Jes.

Patro: Kion?

Filo: Jes, vi ne komprenas min.

Patro: Kompreneble, ĉar nenion ankoraŭ vi klarigis. Diru. (La filo silentas.)

Patro: Kial vi silentas? Vi havis kuraĝon diri al la direktoro kaj nun vi silentas. Ĉu vi komprenas, ke vi kompromitis nin?

Patrino: Viktor, mi petas vin. Rakontu ĉion al ni. Mi scias, ke vi vetis kun viaj amikoj...

Filo: Mi ne vetis!

Patrino: Sed kio okazis?

Filo:(post mallonga paŭzo) Ĉian duan aŭ trian nokton en mian ĉambron venas juna alta viro, vestita en brilaj metalaj vestoj. Lia nomo estas Splendor...

Patro: Tio estas stultaĵo!

Filo: Ne. Tio estas vero!

Patro: Kaj poste, kio okazas?

Filo: Se vi ne kredas, nenion mi diros!

Patrino: Diru. Mi petas vin. Mi kredas.

Filo: Kun Splendor ni kune promendas kaj al li mi rakontas ĉion.

Patro: Kio li estas? De kie li venas?

Filo: Li diras, ke venas de planedo Optimus, sed neniu konas tiun ĉi planedon, ĉar ĝi troviĝas ege ege malproksime.

Patrino: Je kioma horo li venas?

Filo: Je la unua, aŭ eble je la dua... mi ne scias.

Patrino: Kaj ĉu li vekas vin?

Filo: Ne. Mi estas jam vekiĝinta kaj mi atendas lin, sed nur mi vidas lin. Neniu alia povas lin rimarki.

Patro: Kial vi iras en la lernejon?

Filo: Mi diris foje, ke mi deziras pianludi, sed mi ne povas, tamen Splendor diris, ke mi scipovas ĉion kaj ni ekiris al la lernejo...

Patro: Kiel vi eniris la lernejon?

Filo: Mi ne scias. Iel Splendor malfermis la
pordon.

Patro: Tamen vi diris al la direktoro, ke vi
eniras tra fenestro.

Filo: Mi ne povis diri ion alian. Li same ne
kredus al mi, se mi rakontus pri Splendor.

Patrino: Kaj kion vi faris en la lernejo?

Filo: Mi ludis.

Patrino: Ludis?

Filo: Jes, pianludis.

Patro: Sed vi neniam pianludis!

Filo: Jes.

Patro: Sed kiel eblas?

Filo: Splendor staras apud mi kaj mi ludas
belegan melodion. Splendor diris, ke ĝi
estas "Stela Melodio", konata bone en
Optimus.

Patrino: Ĉu?

Filo: Jes. Al mi tre plaĉas "Stela Melodio" kaj mi
ŝatas ofte ludi ĝin.

Patro: Kiel eblas! Nenion mi komprenas! (al la
filo) Tamen... kiu tamen vi estas?

Filo: Mi ne scias...

Patro: Dio, mi ne povas enspiri... La aero ne

sufiĉas...

(La filo ekstaras kaj ekiras al la pordo.)

Patro: Atendu! Kien vi iras?

Filo: Jen, venis Splendor, li vokas min.

Patrino: Kien? Ekstere mallumas.

Filo: Mi pianludos.

(Mallaŭte eksonas ia nekonata stela melodio kaj iom post iom la scenejo dronas en mallumo.)

Fino

Sofio, la 14-an de junio 1992

별 멜로디

등장인물
아버지
어머니
아들
교장

무대는 큰 아파트의 방을 보여준다. 방에서 소파, 안락 의
자, 커피 탁자를 볼 수 있다.

어머니: 누군가가 당신을 강탈하는 것처럼 주머니에서 계속
　　　무엇을 찾고 있나요? 무엇을 찾고 계신가요?
아버지: 펜. 어디에서 사라졌는지 이해할 수 없어요. 여기
　　　작업장에서 찾았지만 소용이 없어요. 누가 훔쳐갔나, 내
　　　가 잃어버렸나, 너무 멋진 건데!
어머니: 당신은 그것 때문에 아프군요. 그게 그렇게 중요한
　　　가요?
아버지: 나는 이 펜에 익숙해졌어요. 2년 전에 제네바에서
　　　구입했어요. 빅토르가 나한테 묻지 않고 가져갔을지도
　　　몰라.
어머니: 그래, 다 빅토르 탓이야. 확실히 당신은 어딘가에
　　　무언가를 썼고 그것을 기져기는 것을 잊었어요.
아버지: 빅토르가 돌아오면 물어볼게. 그 아이가 어떤 펜으
　　　로 쓰는지 보았나요?
어머니: 나는 그 아이가 무엇으로 쓰는지 보지 못했어요.

아버지: 하지만 글을 쓰고, 읽고, 무언가 배우지요?

어머니: 왜 나한테 묻나요? 당신은 아버지예요. 직접 물어 보세요. 보시다시피 지는 일찍 출근하고 늦게 돌아와 일 때문에 여유 시간도 없어요.

아버지: 네, 잘 압니다. 당신만이 일하고 당신만이 아무것도 할 시간이 없으며 나는 완전히 자유롭네요. 머리가 아 프고 몹시 피곤하다고 말하면 믿지 않을 거요.

어머니: 왜 피곤한지 이상해요?

아버지: 하루 종일 오스트리아 동료들과 함께 있어 지금은 독일어 단어만 떠올라요.

어머니: 회사가 오스트리아 회사와 계약을 했기 때문에 직 장에서 모두 독일어만 사용하고 이미 모국어를 잊어버 렸다고 말하고 싶을 수도 있네요.

아버지: 아무 말도 하고 싶지 않아. 무슨 말을 하든 당신에 겐 의미가 없으니까.

어머니: 나도 같은 생각이예요. 오늘 탁자 램프를 사러 여 러 가게에 갔다고 말하면 무심코 어깨를 으쓱할 거예요.

아버지: 당신이 찾아서 산 게 더 중요해요.

어머니: 아무데도 없어 못 샀어요. 내일 나는 다시 가게마 다 돌아다녀야 해요.

아버지: 그래서 내일 당신은 그것을 살 거요.

어머니: 그래, 내가 사든 말든 당신은 상관없어요.

아버지: 탁상 램프 구입이 그렇게 중요하다고 생각하나요?

어머니: 당신은 우리 가족에게 전혀 관심이 없는 것 같아요. 우리가 무엇을 사야 하는지, 내가 저녁으로 무엇을 요리 할지, 아들이 무엇을 배우는지 전혀 관심이 없어요. 일

을 마치고 돌아와 저녁을 먹고 TV 앞에 앉아요.

아버지: 내가 직장에서 얼마나 많은 문제를 가지고 있는지
　　　　잘 아시죠..

어머니: 그래, 그래, 당신만 문제가 있어. 내 삶은 조용하고
　　　　고요해요…

(갑자기 벨소리가 들린다.)

어머니: 이상해, 누가 오고 있어. 빅토르는 열쇠가 있어요.

(벨소리가 반복된다.)

어머니: (아버지에게) 문 좀 열어줄래요?

아버지: 이웃이나 당신 여자 친구일 수도 있어요.

어머니: 예, 모든 것에 대해 당신은 나를 기다리고 있네요.
　　　　그래도 누가 울리는지 보세요.

아버지: 진정해, 그 사람은 조금 기다릴 거요.

(아버지가 일어나서 문을 열러 간다.)

아버지: 안녕하십니까.

교장: 안녕하세요. 프린젤로 가족입니까?

아버지: 네. 들어오세요.

교장: 확실히 안토니오 프린젤로입니까?

아버지: 네.

교장: 제 이름은 페트로 고비오이고 아드님 빅토르가 공부
　　　하는 학교의 교장입니다.

아버지: 교장선생님인가요...

교장: 네, 얘기할 게 있어요.

아버지: 무슨 일이 있었나요?

교장: 대화가 필요하거든요.

아버지: 들어오세요.

(둘은 방으로 들어간다.)

아버지: (어머니에게) 여보, 고비오 씨는 빅토르가 공부하는 학교의 교장입니다. (교장에게) 아내...

교장: (어머니에게 손을 내밀며) 안녕하세요, 부인.

어머니: 안녕하세요.

아버지: (교장에게) 나한테만 말해야 되나요?

교장: 아니, 두분 모두.

어머니: (걱정하며) 무슨 일인가요? 빅토르에게 뭔가가 있습니까, 그는 살아 있습니까…

교장: 걱정 마세요, 빅토르는 살아 있고 건강합니다.

어머니: 교통사고인가, 아니면...전차인가...

교장: 아니요. 괜찮아요. 모든 것이 괜찮고 심지어 그가 이미 학교에서 돌아온 줄 알고 있는데요.

어머니: 화요일에 저녁 6시 이후에 돌아오는데...

교장: 네, 하지만 그 아이가 여기 없는 것이 더 낫습니다...

아버지: 하지만 제발, 무슨 일이 있었나요?

교장: 무언가 이상한, 난 이해할 수 없다고 말할 수도 있는...

어머니: 예?

교장: 네. 그래서 어떻게 설명해야 할지…

어머니: 부탁드립니다! 모든 것을 설명해주세요.

교장: 네. 좋아요 아마도 지금까지 2주 동안, 거의 2일 또는 3일마다 아드님 빅토르가 자정이후에 학교에 왔습니다...

어머니: 자정이 지나서...

교장: 네. 이제 10월 13일 토요일 자정이 지난 1시에 그는 다시 거기에 있었어요...

아버지: 학교에서?

교장: 네.

어머니: 그리고 거기서 무엇을 하고 있었나요? 분명 잘못 봤어요! 우리 아들의 이름은 빅토르 프린젤로이고 열 살이고 4학년 "b" 반에서 공부하거든요.

교장: 네, 맞습니다. 4학년 "b" 반의 빅토르 프린젤로

어머니: 그런데 무슨 말을 하시는 건가요? 우리 아이가 자정이후에 어떻게 학교에 들어갈 수 있나요?

교장: 네, 자정 이후에 이미 몇 번 거기에 있었습니다!

아버지: 누군가 거기에 있었으니 우리 아이 혼자만 있는 게 아니라고 말하고 싶은거죠...

교장: 아니요. 학교에 있고 혼자라고 말했습니다...

아버지: 하지만 그건 터무니없는 것 같아요!

어머니: 전혀 불가능해요! 열 살짜리 아이가 거의 매주 이틀이나 사흘 자정 이후에 일어나 혼자 학교에 간다고 상상할 수 있나요?

교장: 나는 그것을 상상할 수 없어요! 나는 내 눈으로 토요일 자정 이후에 학교에서 아드님을 보았습니다.

어머니: 학교에서 아이를 보았다구요!

교장: 네! 이번주 토요일 자정 이휘 오랫동안 나는 누군가기 학교에 들어온다고 의심했고 개인적으로 이것을 확신하고 싶었습니다. 빅토르를 보고도 믿지 않았지만, 학교에 누군가 있는 걸 눈치채고 도망쳐버렸어...

아버지: 도망쳤다고요?

교장: 네. 쫓고 싶지 않았어요. 트라우마를 일으킬 까봐 두려웠습니다! 나는 혼자 충격을 받았습니다.

어머니: (비명) 안돼! 믿지 않아요! 그것을 전혀 믿지 않아요! 그건 거짓말이야! 나쁜 거짓말!

아버지: 교장 선생님, 모든 것을 저희에게 좀 더 자세히 설명해 주시기 바랍니다. 틀림없이 누군가 자정 이후에 아이가 학교에 가도록 강요했을 것입니다. 내 아들의 친구가 누군지 모르지만 누군가는 반드시...

어머니: 아이가 말하는 것을 듣나요? 당신은 우리 아들의 친구가 누구인지 몰라요. 결국, 우리는 그들을 잘 알고 있어요. 그는 동급생이자 이웃의 자녀이며 모두 예의 바르고 교육을 잘받은 자녀예요. 예, 우리는 그들과 그들의 부모를 모두 알고 있어요.

아버지: 네, 그럼 정확히 어떻게 된 일인지 말씀해 주세요.

교장: 어제 월요일 빅토르와 이야기해서 직접 모든 것을 부모님께 자세히 알려달라고 당부했습니다. 부모님을 만나고 싶다고 말했지만 분명히 그 아이는 부모님께 한 마디도 하지 않았습니다.

아버지: 아니! 그 아이는 아무 말도 하지 않았어요.

교장: 그렇게 생각했습니다.

어머니: 그래서 빅토르와 얘기했군요.

교장: 네.

어머니: 아마도 그 아이를 위협했지요.

교장: 부인, 부탁드립니다. 어떻게 그런 상상이 가능합니까!

아버지: (자신에게) 이 수수께끼에는 논리가 부족합니다. 열 살짜리 아이가 자정이 넘어서 일어나 혼자 집을 떠나 학교에 갔다가 침착하게 집에 돌아와 다시 잠자리에 든다. 교장 선생님, 저희 아들이 몽유병자라서 잠을 자는

동안 무의식적으로 그리고 기억도 없이 하는 건가요, 아니면 그 아이가...아프다는 건가요...

어머니: 아니! 말도 안되는 소리 그만해요. 우리 아들은 밤에 계단통에도 감히 혼자 가지도 못하는데 어떻게 학교에 갈 수 있단 말인가요?

교장: 내가 그것에 대해 확신하지 못한다면 여러분을 성가시게 하는 것이라고 생각합니까?

어머니: 아무도 아무것도 확신할 수 없어요!

아버지: 좋아요! 거의 이틀이나 사흘 째 밤에 그가 학교에 간다고 가정해 봅시다. 하지만 그 이유는 무엇입니까?

교장: 네. 왜요? 내가 듣고 싶은 것은 바로 이 질문이며 그것이 내가 여기 있는 이유입니다.

어머니: 이미 그와 이야기를 나누었다면 왜 학교에 가는지 말하지 않았나요?

교장: 아니! 그는 이 질문에 대답하지 않았습니다.

어머니: 그리고 선생님은 우리가 대답할 수 있다고 생각해요. 아마도 선생님 말에 따르면 우리가 그 아이를 자정에 학교에 방문하게 했고 심지어 학교 문까지 동행했을 수도 있네요.

아버지: 여보! 부탁이야. (교장에게.) 학교에서 무언가가 사라졌는데 우리 아이가 가져간 것인지 이니면 훔친 것인지 묻고 싶습니다.

어머니: 뭐-뭐-뭐라구요? 무슨 얘기를 하는 건가요? 당신은 미쳤나요! 어떻게 그걸 짐작할 수 있나요?

교장: 아니! 아무것도 없어지지 않았습니다! 부족하지 않습니다!

아버지: (어머니에게) 여보! 용서해줘, 문제가 매우 심각해.

어머니: 네. 매우 심각하지만 빅토르는 그렇게 할 수 없어요! 이해가 안 되세요? 나는 어머니로서 그 아이를 아주 잘 알아요. 자의식이 강하고 우유부단하며 내가 비겁하다고 말할 수 있지만 결코 그렇게 할 수 없어요!

교장: 나도 아빠이고 부모님에게 아빠로서 얘기하고 싶었습니다. 나는 당신을 혼내려고 온 것도 아니고, 무슨 일이 있었는지 알려주려고 온 것도 아니고, 단지 그 이유를 이해하고 우리가 해야 할 일을 함께 생각하기 위해서 온 것입니다. 이제 그 아이는 겨우 열 살입니다.

어머니: 물론! 겨우 열 살이예요. 그것은 말도 안 되는 소리이며 시간을 낭비해서는 안 되요!

교장: 좋습니다! 난 그저 당신을 돕고 싶었습니다! 안녕히 계십시오!

(교장이 일어나서 문을 향해 출발한다.)

아버지: 기다려 주십시오. 내 아내는 약간 혼란스럽고 이것이 우리에게 충격을 주었다는 것을 이해하십시오.

어머니: 약간 혼란스럽지 않고 완전히 미쳤다고 말하는 것이 좋을 거예요. 내 아들이 몽유병자, 바보 또는 범죄자라는 말을 침착하게 들으려면 정말 미쳤어야 하기 때문이예요.

아버지: 여보! 제발 진정해! 앉아! (교장에게) 실례합니다. 내 아들과 이야기를 하겠지만 우리 아이가 당신에게 말한 모든 것을 말해주세요. 아마도 나에게 다른 것을 말할 것입니다.

교장: 네, 그는 아이입니다. 친근하게 말하려고 노력했지만

솔직히 말해서 성공하지 못했습니다. 그 아이는 수다스럽지 않습니다.

어머니: 물론! 지금까지 당신은 그 아이가 활동적이라고 주장했어요! 한밤중에 일어나 외출을 하고, 신비하게도 학교에 가고... 혹시 외계인이 아닌가...

아버지: 여보! 부탁이야!

(교장에게) 네, 빅토르는 말이 없어요.

교장: 예, 조용하고 사교적이지 않습니다. 아버님이 언급했듯이 그는 자의식이 있지만 비겁하지 않습니다.

아버지: 알겠습니다. 하지만 의사와 상담해야 할 것 같나요? 모든 것이 나에게 매우 이상해 보입니다.

어머니: 여보! 그가 말하는 것을 듣나요? 어떻게 당신의 아들이 정신병자라고 생각할 수 있나요? 한동안 아이 노트를 열어보지 않았다면 보세요. 완벽한 성적만을 가지고 있어요!

아버지: 네. 알고 있지만 다른 모든 것은 매우 이상하고 매우 불분명해요.

교장: 예, 매우 이상합니다!

아버지: 하지만 어떻게 학교에 들어갈 수 있나요? 창문을 깼습니까?

교장: 아니오!

어머니: (풍자하듯) 아들에게 열쇠를 주었나요?

교장: 아마 낮에 1층 창문을 살짝 열어두었을 겁니다.

아버지: 하지만 모든 창문에는 금속 막대가 있어요!

교장: 네, 하지만 알고 보니 두 막대 사이의 거리가 조금 더 넓어서 그 사이에 간신히 끼어들었습니다. 정말 그는

상당히 말랐습니다.

어머니: 세상에! 더 이상 믿을 수 없네요!

아버지: 모든 것이 실제 범죄 이야기와 같습니다!

교장: 네, 그 아이만이 설명할 수 있는 이해할 수 없는 범죄 이야기입니다.

아버지: 그러나 당신이 말했듯이 그는 침묵합니다!

교장: 아니면 더 정확히 한두 단어로만 대답합니다. 그가 말하길 나는 일어나 집을 떠나 학교에 가고, 들어가고...

아버지: 그게 그 아이가 말하는 전부인가요?

교장: 네.

아버지: 그런데 왜 그러는 거지?

교장: 그는 대답하지 않습니다. 나는 그에게 여러 번 물었습니다. 우리는 거의 한 시간 동안 함께 있었습니다. 나는 그와 대화를 시도했습니다. 더 정확히 나는 말했고 그는 침묵했습니다.

아버지: 그냥 조용히 있었나요?

교장: 전혀. 나는 그에게, 그의 생각에, 그의 삶에 더 깊이 침투하려고 노력했습니다. 나는 그에게 아빠가 무슨 일을 하느냐고 물었습니다. 그는 당신이 어떤 공장의 엔지니어이고 어떤 과학 연구소에서 일한다고 말했지만 정확히 어느 곳인지 말할 수 없었습니다.

아버지: 네, 아이는 제 직업을 묻지 않았어요.

어머니: 아니! 아이는 내가 일하는 곳을 잘 알고 있어요. 때때로 나와 함께 연구소에 갔어요.

아버지: 내 생각에 그건 별로 중요하지 않아요.

교장: 아니요, 중요합니다. 그에 대해, 당신에 대해 더 알고

싶었습니다.

어머니: 무엇을 더. 아이는 겨우 열 살이예요. 아직 쓸 전기
도 없어요. 모든 아이들과 같은 아이죠.

교장: 당신은 나를 이해 하지 않습니다. 나는 그가 어떤 가
정에서 살고 있는지, 그의 부모는 어떤지 알고 싶었습니
다. 죄송하지만 이혼하신 줄 알았는데 지금 보니 좋은
환경에서 사시는군요.

아버지: 네. 우리의 생활 조건은 좋습니다. 아파트는 부모님
의 것이었지만 그들은 돌아가셨습니다. 빅토르는 종종
집에 혼자 남겨지지만 우리는 그를 위해 모든 것을 제
공하기 위해 노력합니다. 나는 종종 출장으로 해외 여행
을 다니며 그가 원하는 모든 것을 거의 사줍니다. 그러
나 우리는 그를 망치지 않습니다!

어머니: 예, 우리는 그 아이를 망치지 않아요. 나는 아이가
자신의 문제를 해결하는 데 익숙해 지도록 노력해요. 나
는 그를 독립하도록 교육하고 싶어요. 이제 그는 모든
것을 스스로 결정해야 해요!

교장: 아주 좋은데...

어머니: 아무도 나를 도와주지 않았어요. 저는 지방의 대가
족에서 태어났어요. 나 자신이 인생의 장애물을 극복했
어요. 아버지는 광부였고 내가 공부하는 학교가 어디에
있는지도 몰랐고 내가 대학에서 공부할지 여부에 전혀
관심이 없었어요. 남편도 수도에서 태어났지만 상당히
독립적이었어요. 우리는 누구의 도움도 기대하지 않았어
요. 우리에게는 배경도 없고 강력하고 부유한 친척도 없
어요.

교장 : 네, 당신이 원하는 것을 스스로 달성했다고 봅니다.

아버지: 우리는 거의 아무것도 이루지 못했습니다. 우리는 물질적 번영을 위해 노력한 적이 없습니다. 지에게는 직업이 항상 더 중요했습니다. 좋은 전문가가 되도록 노력합니다. 아내는 불행하게도 적합한 직업을 찾지 못했습니다. 그녀는 2년 동안 일하지 않고 빅토르를 돌보았고 결국 다른 그 누구도 돌볼 수 없었습니다. 나중에 그녀는 두세 가지 직업을 바꿔야 했고 지금도 현재 직업에 완전히 만족하지 못하고 있습니다.

어머니: 여보, 지금 우리는 직업 문제를 논의하는 것이 아니예요.

아버지: (교장에게) 죄송합니다. 어쩌면 내가 약간 벗어난 것일 수도 있습니다.

교장: 아니, 아니. 사과드립니다. 모든 것에도 불구하고 당신은 가정적인 편안함을 만드시는데 성공했다고 보았습니다. VCR은 일본제입니까?

아버지: 네. 도쿄에서 샀는데 동영상 볼 시간이 없네요. 알다시피, 나는 저녁 늦게 돌아오고 아침 일찍 나갑니다.

어머니: 빅토르만이 VCR로 바빠요. 나는 그것을 켜는 방법조차 몰라요.

교장: 10월 13일 토요일, 몇 시에 주무셨나요?

아버지: 나는 11시에 잠자리에 들었습니다. 나는 머리가 아프고 매우 피곤했습니다. 하루 종일 나는 차를 고쳤고 저녁에는 이미 상당히 긴장했습니다.

교장: (어머니에게) 그리고 어머니는요?

어머니: 저... 잠깐만요. 네, TV 영화를 끝내고 잠자리에 들

었어요. 네, 제가 TV를 껐어요.

교장: 빅토르가 함께 TV 영화를 봤습니까?

어머니: 네, 물론이죠.

교장 : 아이에게 힘들지 않았나요? 결국 그는 어린이이고
　　모든 TV 영화가 어린이에게 적합한 것은 아닙니다.

어머니: 무슨 소리예요? 그들은 내가 자주 얼굴을 붉히는
　　그런 비디오를 봐요.

교장: 네, 이것이 우리의 현재입니다.

어머니: 우리가 원한다 해도 그렇게 하는 것을 금지할 수는
　　없어요. 금단의 열매가 더 달다는 것을 잘 아시잖아요.

아버지: (교장에게) 하지만 빅토르는 어떻게 해야 할까요?
　　당신은 우리에게 무엇을 조언 하시겠습니까?

교장: 제 생각에는 먼저 아이와 진지한 대화를 나눠야 합니
　　다. 대화가 어려울 것입니다.

아버지: 그래, 그런데 어떻게 그런 일이 있을 수 있죠.

어머니: 누군가가 그를 그렇게 만들었다고 확신해요.

교장: 아이와 얘기한 다음 전화해 주십시오.

(교장이 일어나서 문을 향해 출발한다.)

아버지: 감사합니다, 교장 선생님. 안녕히 가십시오.

(아버지가 교장을 문까지 동행한 뒤 다시 방으로 돌아온다.)

아버지: (혼자서) 이상하다!

어머니: 이상할 뿐만 아니라 이해할 수도 없어요.

아버지: 네, 몇 달 전 일인데 그때는 말을 안 했어요. 제게
　　는 그저 유치한 환상처럼 보였거든요.

어머니: 무슨 일이예요?

아버지: 8월에 빅토르와 함께 바다로 차를 몰고 갔을 때 차

안에서 매우 이상하고 이해할 수 없는 이야기를 했어요.

어머니: 뭐요?

아버지: 완전히 예기치 않게 꿈에서 번쩍이는 금속 옷을 입
  은 이상한 사람이 나타나 자기를 깨우고 함께 집을 나
  간다고 말하기 시작했어요. 한 시간 동안 그들은 도시의
  조용한 거리를 걸어...

어머니: 시내를 지나 걷고 있어요...

아버지: 네. 물론 그때 나는 웃기 시작했지만 빅토르에게
  그 남자의 이름이 무엇이고 어디에서 왔는지 물었고 빅
  토르는 그의 이름이 스플렌더이고 내가 이름을 잊어버
  렸거나 빅토르가 직접 지어낸 어떤 행성에서 왔다고 대
  답했어요.

어머니: 정말?

아버지: 빅토르에 따르면 그 사람은 보이지 않으며 빅토르
  만이 그를 보고 이해해요. 그때 나는 그것이 어린아이의
  상상이라고 확신했고 나는 이 대화를 잊은 지 오래되었
  어요. 빅토르는 그 이상한 손님을 내가 다시는 더 언급
  하지 않았기 때문에 기분이 상한 것 같아요.

어머니: 그것은 확실히 아이의 상상이예요. 빅토르는 풍부
  한 상상력을 가지고 있고 당신처럼 자의식이 강하고 비
  겁해요. 수줍은 아이들은 일반적으로 풍부하고 특별한
  상상력을 가지고 있어요.

아버지: 네, 그는 정말 대단한 상상력을 가지고 있어요.

어머니: 그 아이가 한밤중에 집을 나서 학교에 들어가고 혼
  자 거기를 걷는다는 것이 정말 믿기지 않네요. 나는 교
  장이 그를 알아보지 못했고 어둠 속에서 학교에서 완전

히 다른 소년을 보았다고 확신해요.

아버지: 빅토르 자신이 그에게 모든 것을 고백했다는 말을 당신은 잘 들었어요.

어머니: 나이 많은 소년 중 한 명이 빅토르에게 네가 그렇게 용감하다면 자정에 학교에 들어갈 것이라고 말했을 거예요. 그런 다음 그들은 그가 겁쟁이가 아니고 학교에 들어갔다고 증명하기 위해 교장과 빅토르에게 전화했어요. 당신은 아이들이 어리석은 짓을 할 준비가 되어 있다는 것을 잘 알고 있어요.

아버지: 나는 더 이상 내가 아는 것과 모르는 것을 알지 못해요.

어머니: 네, 당신은 당신의 일에만 관심을 가질 뿐 다른 아무 것도 흥미가 없어요. 당신은 아들이 무엇을 하는지, 무엇을 배우고 있는지, 친구가 누구인지 전혀 관심이 없어요. 당신에게 당신의 일이 더 중요해요. 아침부터 밤까지 당신은 일하고 또 일해요. 그리고 다른 누군가가 당신의 건설 프로젝트에 서명하고 당신에게 던져진 부스러기 몇 개만 받지요.

아버지: 이미 여러 번 말했지만 그것은 단지 한 번 우연히 일어났다는 것을 잊지 말아요.

어머니: 한 번만이라도 직접 만든 프로젝트는 즉시 방어해야 해요! 본 적도 없는 것처럼 조용히 있으면 안 돼요! 그것은 겁쟁이예요!

아버지: 그리고 당신이 그렇게 용감하고 단호하다면 왜 10년 동안 적합한 직업을 찾지 못했지? 타협 없이는 불가능하다는 것을 잘 알고 있잖아요!

어머니: 타협! 그것은 당신이 밤낮으로 작업해 온 자신의 프로젝트를 감히 방어하지 못하고 조용히 해야 하는 타협인가요!

아버지: 내 프로젝트가 빅토르의 범죄와 무슨 관련이 있는지 모르겠어?

어머니: 네, 그래요. 당신이 단호했다면 교장이 아들이 몽유병자이거나 범죄자라고 암시하는 것을 허용하지 않을 것이기 때문이죠.

아버지: 그러면 그 사건은 어떻게 설명할 수 있나요?

어머니: 어떻게! 형들이 그렇게 시킨 다음 교장에게 모든 것을 말했고 빅토르는 모든 것을 고백할 수밖에 없었어요.

아버지: 빅토르가 혹시 당신한테 모든 걸 다 말해줬나요?

어머니: 아무 말도 하지 않았지만 정확히 무슨 일이 일어났는지 추측하는 것은 어렵지 않아요.

아버지: 우리는 아이와 이야기해야 해요.

어머니: 아니! 우리는 모든 것을 잊기 위해 가능한 모든 것을 해야 해요!

아버지: 정말? 그게 어떻게 가능해!

어머니: 교장 선생님과 이야기를 해보고, 그가 고집을 부린다면 빅토르는 다른 학교에서 공부를 시작해야죠.

아버지: 하지만 그런다고 해서 문제가 해결되지는 않을 거고, 빅토르는 잘못한 게 없다고 생각할지도 몰라.

어머니: 정말? 당신이라면 우리가 무엇을 해야 한다고 생각해요? 빅토르를 감옥에 보내야 할까요?

아버지: 우리는 아이와 진지한 대화를 해야 해요!

어머니: 진심으로 말하기! 누가 당신을 막고 있나요? 말하세

요! 하지만 솔직히 말해서 당신이 아이와 이야기하는 것
을 거의 보지 못했어요.

아버지: 나를 꾸짖기보다는 아이에게 당신이 자주 하는 말
을 잘 생각하기 바래요.

어머니: 무슨 말이예요?

아버지: 나는 당신이 아이의 두려움과 망설임을 근절하려는
야망이 매우 크다고 말하고 싶어요.

어머니: 네! 남자였으면 좋겠어요 진짜 남자! 아무것도 멈추
지 않아야해요! 두려워해서는 안되요! 용감해야, 매우 용
감해야 해요! 더 이상 내 주위에 할머니를 볼 수 없어요!
남자로 태어났다면 진짜 남자가 되게 해주세요!

아버지: 임무가 좀 위험하지 않나요?

어머니: 저기, 당신은 또 두려워! 당신은 무서워, 그렇지요!

아버지: 네, 무서워요. 누군가가 강한 사람을 만들려고 할
때 그것이 무엇을 의미하는지 전혀 생각하지 않는 것이
두려워요.

어머니: 그것은 무엇이든 의미할 수 있지만 침묵, 체념, 타
협은 아니죠!

아버지: 그래서 그것이 용기와 성실함을 의미한다면 왜 당
신은 충분히 용감하고 성실하지 않나요? 강한 사람을
만들고 싶다면 먼저 강해져야 해요!

어머니: 진정해요. 나는 강해요. 다른 사람이 내 프로젝트에
서명하는 것을 허용하지 않아요!

아버지: 그럼 왜 용감히 교장 선생님께 토요일 저녁에 당신
은 TV 영화를 보지 않았고, 당신은 나보다 먼저 잠자리
에 들었고 빅토르는 영화를 보려고 혼자 남겨졌다고 말

하지 않았나요? 왜 빅토르를 옹호하고 왜 정당화했나요?

어머니: 무엇보다도 나는 어머니이기 때문에...

(문이 열리는 소리가 들리고 몇 초 후 빅토르가 방으로 들어온다.)

아들: 안녕하세요.

아버지와 어머니: 안녕!.

어머니: 배고프니?

아들: 네.

어머니: 이제 저녁을 준비할게. 레모네이드다.

아들: 좋습니다.

어머니: 문학 선생님이 아직도 아프니?

아들: 네.

아버지: (아들에게) 앉아!

아들: 알겠습니다.

아버지: 우리에게 뭔가 말해야 할 것 같은데.

아들: 뭔데요?

아버지: 아주 흥미롭고 특이한 것.

아들: 흥미로운 소식을 듣지 못했습니다.

아버지: 한밤중의 산책에 대해 들어본 적도 없지?

아들: (침묵한다)

아버지: 교장 선생님이 오셨는데 이제 모든 것을 설명해!

(아들은 침묵한다.)

아버지: 왜 침묵해? 왜 말하지 않니?

아들: 한번 말했는데 고안해 낸 말도 안되는 일이라고 하셨어요...

아버지: 그래, 하지만 이제 이 말도 안 되는 소리를 다시

듣고 싶어!

아들: 말도 안 되는 게 아닙니다.

아버지: 좀 더 똑똑한 걸 생각해낼 수 없어? 어떻게 한밤중에 학교에 가고 싶은지 전혀 이해가 안 돼. 낮에는 그냥 가고 자정 무렵에는 상상조차 할 수 없어!

아들: 네, 밤에 가요!

아버지: 이해가 안 돼!

아들: 네.

아버지: 뭐?

아들: 예, 아버지는 저를 이해하지 못합니다.

아버지: 물론. 아직 아무 것도 설명하지 않았으니까. 말해

(아들은 침묵한다.)

아버지: 왜 침묵해? 너는 용기를 내어 교장 선생님에게는 말할 수 있고 지금은 침묵하는구나. 네가 우리와 타협한다는 것을 이해하니?

어머니: 빅토르, 부탁이야. 모든 것을 알려줘. 네가 친구들과 내기를 한다는 것을 알고 있어...

아들: 내기 안 했어요!

어머니: 그런데 무슨 일이 있었니?

아들: (잠시 후) 격주로 두세 번 밤에 반짝이는 금속 옷을 입은 키 큰 청년이 내 방으로 옵니다. 그의 이름은 스플렌더...

아버지: 그건 말도 안돼!

아들: 아니요 사실입니다!

아버지: 그러면 나중에 무슨 일이?

아들: 믿지 않으신다면 아무 말도 하지 않겠습니다!

어머니: 말해. 부탁한데 믿을게.

아들: 스플렌더와 함께 우리는 걸으며 나는 그에게 모든 것을 이야기합니다.

아버지: 그가 뭐야? 어디에서 왔니?

아들: 옵티머스 행성에서 왔다고 하는데 이 행성은 아주 아주 멀리 떨어져 있어서 아무도 모릅니다.

어머니: 그 사람은 몇 시에 오니?

아들: 1시에, 아니면 2시에... 모르겠어요.

어머니: 그리고 그가 너를 깨우니?

아들: 아니요. 저는 이미 깨어 그를 기다리고 있지만 오직 저만 그를 볼 수 있고 아무도 알아차리지 못합니다.

아버지: 학교에 왜 가?

아들: 가끔 피아노 치고 싶다고 했는데 못 했어요. 스플렌더는 내가 다 안다고 말해서 우리는 학교에 갔어요.

아버지: 어떻게 학교에 들어갔니?

아들: 모르겠어요. 어떻게든 스플렌더가 문을 열었어요.

아버지: 그런데 교장 선생님께는 창문으로 들어간다고 말했잖아.

아들: 다른 말을 할 수 없었어요. 스플렌더에 대해 말해도 교장 선생님은 똑같이 저를 믿지 않을 거예요.

어머니: 그리고 학교에서 무엇을 했니?

아들: 놀았어요.

어머니: 놀았어?

아들: 네, 피아노를 쳤어요.

아버지: 하지만 넌 피아노를 친 적이 없잖아!

아들: 네.

아버지: 하지만 그게 어떻게 가능해?

아들: 스플렌더가 내 옆에 서 있고 저는 아름다운 선율을 연주했어요. 스플렌더는 옵티머스에서 잘 알려진 '별 멜로디'라고 말했어요.

어머니: 정말?

아들: 네. 저는 "별 멜로디"를 정말 좋아하고 자주 연주하는 것을 좋아해요.

아버지: 어떻게 그게 가능해! 아무것도 이해하지 못해! (아들에게) 하지만... 대체 너는 누구니?

아들: 몰라요.

아버지: 맙소사, 숨을 쉴 수 없어... 공기가 충분하지 않아... (아들이 일어나서 문으로 간다.)

아버지: 기다려! 어디 가니?

아들: 자, 스플렌더가 왔어요. 저를 불러요.

어머니: 어디? 밖은 어두워.

아들: 피아노를 칠게요.

(알 수 없는 별의 멜로디가 조용히 시작되고 조금씩 무대는 어둠에 잠긴다.)

끝

소피아, 1992년 6월 14일

KOMEDIOJ

La komedio estas kiel suno sur ĉielo.
Frostan vintron ĝi forpelas de malgaja hommieno.

Laŭ Victor Hugo

코미디

코미디는 하늘의 태양과 같다.
우울한 인간의 얼굴에서 얼어 붙은 겨울을 추방한다.

빅토르 위고에 따르면

INVENTO DE L' JARCENTO

ROLANTOJ:
Johano Kler - juna inventisto
Maria Kler - lia edzino
Ĵurnalisto
Arabo
Hela - bela ĉarma junulino
Ŝtelisto

La scenejo prezentas ĉambron, en kiu estas tablo, kanapo kaj ne tre granda libroŝranko. Sur la tablo videblas retortoj, provtuboj, bekglasoj, brulilo de Bunsen... Ĉe la tablo staras juna viro, kiu faras kemian eksperimenton. Li estas ege absorbita. La ĉambron eniras juna virino kun du plenaj sakoj en la manoj. Ŝi lasas la sakojn kaj dum minuto kolere observas la junan viron. Poste ŝi komencas furioze krii.

Maria: Ĉesigu jam viajn eksperimentojn! Nur frenezulo povas aserti, ke el akvo produktos benzinon! Dum vi ludas per akvo, viaj amikoj ludas per mono kaj jam riĉuloj ili estas.
(Johano silentas kvazaŭ ne aŭdus ŝin kaj

trankvile daŭrigas la eksperimenton.)

Maria: Jes, vi ŝajnigas vin, ke ne aŭdas min, sed tuj mi rompos ĉion kaj forĵetos ĉion en la rubujon.

(Maria minace ekpaŝas al la tablo kaj provas preni unu el la retortoj.)

Johano: (peteme) Manjo, pro Dio, estu prudenta. Mi petegas vin!

Maria: (kolere) Ne! Mi frakasos ĉion! Ĉion mi forĵetos! Mi ne plu eltenos!

(Iom da tempo Johano provas bari sian proksimiĝon al la tablo, sed ŝi sukcesas kapti unu el la retortoj kaj ĵetas ĝin sur la plankon. La retorto brue dispeciĝas.)

Maria: (daŭre krias) Ne! Mi ne povas plu rigardi vin. Vi estas idioto! Tutan tagon vi staras ĉi tie kaj verŝas akvon, kaj mi... mi laboregas, aĉetadas, kuiras!

Johano: Manjo kara, komprenu min...

Maria: Ne! Nenion mi komprenas! Mi frakasos ĉion, mi forĵetos ĉion kaj mi divorcos!

(Maria denove ĵetas sin al la tablo, sed nun Johano kategorie haltigas ŝin kaj sidigas ŝin sur la kanapon. Maria ekploras.)

Maria: (plorante) Ho, povra, malfeliĉa mi. Kial mi edziniĝis al vi? Jam tiam mi konjektis,

ke vi frenezas, sed mi ne kredis, ke tiel
freneza vi estas. Ho, kiel kruela sorto! Mi
mem fiaskigis mian vivon!

Johano: (peteme) Manjo...

Maria: Mi ne deziras plu vidi vin, nek viajn
damnitajn provtubojn!

(Dum Maria ploras, Johano nevole verŝas ruĝan
likvaĵon en retorton kaj aŭdiĝas forta tondro.
Maria svenas pro timo sur la kanapo. Johano
komencas freneze krii.)

Johano: Venko! Venko! La akvo brulas! La akvo
brulas!

Maria: (same krias) Ho, ho, ho! La loĝejo
detruiĝis! La loĝejo brulas!!

Johano: Mi inventis la formulojn!

Maria: (daŭre krias) Ho, vi detrui la loĝejon! Ni
estos sur la strato, sen loĝejo, sen
tegmento! Ho, mi povra, malfeliĉa, kiu igis
min edziniĝi al vi...

Johano: Manjo, ne ploru! Por ni hodiaŭ estas la
plej feliĉa, la plej grandega tago!

Maria: Ho, mi jam vidis la feliĉon, mia vivo
nigras kiel peĉo.

Johano: Fin-fine! Mi inventils la formulon. La
akvo brulas! Mi faris benzinon el akvo!
Morgaŭ ni estos riĉaj, senlime riĉaj!

Maria: Dio mia! Li freneziĝis. Jes, li ĉiam estis
    freneza, sed nun li tute freneziĝis!
Johano: Fin-fine! El akvo iĝis benzino!
Maria: Kion mi faru? Mi devas flegi frenezulon.
    Kiel eblas el akvo benzino!
Johano: (triumfe) Jen, rigardu! En ĉi tiun glason
    mi verŝas puran malvarman akvon. Ĉu tio
    estas akvo? Trinku!
(Maria time alrigardas la glason kaj ne kuraĝas
proksimiĝi al Johano.)
Johano: Trankvile! Tio estas natura pura akvo.
    Jen, mi iomete trinkos, por ke vi ne pensu,
    ke estas veneno.
(Johano trinkas iomete. Maria time prenas la
glason kaj same trinkas iomete.)
Maria: Jes, tio estas akvo.
Johano: Malvarma akvo el la urba
    akvokondukilo. Kaj ĉi tiu akvo kostas
    preskaŭ nenion. Nun en la glason mi verŝas
    nur tri gutojn el tiu ĉi likvaĵo.
Maria: Kiu likvaĵo?
Johano: Ne! Ne! Nur pri tio ne demandu min.
    Mi ĵuris, ke al neniu, eĉ al mia propra
    edzino, mi diros kiu likvaĵo estas kaj kiel
    mi inventis ĝin. Vi nur rigardu. Jen, unu,
    du, tri gutoj. Je kio odoras?

Maria: Je benzino!

Johano: Jes! Je vera benzino. Kaj nun. Mi
bruligas alumeton...

(Denove aŭdiĝas forta tondro.)

Maria: (time) Dio mia!

Johano: Ĉu vi vidis? Genie! Nekredeble! Morgaŭ
la tuta mondo parolos nur pri mil ĵurnaloj,
televidoj, radioj! Mi, Johano Kler, faris
revolucion en la homa progreso, en la
civilizacio! Ne plu petrolaj putoj, petrola
industrio, petrolaj militoj! Eĉ la plej malriĉa
homo verŝos en la rezervujon de sia aŭto
sitelon da pura akvo kaj veturos tra la
mondo. La milionoj ekfluos al ni, pli ĝuste
ni dronos en milionoj kiel en akvo!

Maria: Johano, vi estas genia!

Johano: Jes!

Maria: Johano, mi amas vin!

Johano: Kaj mi amas vin!

Maria: Mi ĉiam, ĉiam amis vin! Tamen ion mi
devas konfesi...

Johano: Kion?

Maria: Kiam vi amindumis min, mi ne deziris,
mi tute ne dezirs edziniĝi al vi...

Johano: Kial?

Maria: Ĉar, ĉar vi aspektis iom, kiel mi diru,

iom freneza, sed nur iom...

Johano: Ĉu mi?

Maria: Jes! Ja, vi ne parolis al mi pri la steloj,
pri la luno, sed pri iu etaermobilo, kaj vi
klarigis kiel vi inventos ĝin kaj kiel ni per
ĝi traveturos la tutan mondon...

Johano: Jes, ĉar mi havis ideojn, geniajn ideojn.
Ĉiam mi havis ideojn, sed oni malhelpis
min...

Maria: Kiuj?

Johano: Ĉiuj! Ili deziris ŝteli miajn ideojn.

Maria: Sed tiam vi nenion inventis, vi nur
parolis...

Johano: Tamen vi kredis al mi. Ĉu ne? Nur vi
sola kredis, kaj tio donis al mi flugilojn...

Maria: Ho ne. Mi nur ŝajnigis min, ke mi
kredas...

Johano: Sed tiam, tiam kial vi edziniĝis al mi?

Maria: Panjo igis min...

Johano: Ĉu via patrino?

Maria: Jes.

Jonano: Kaj ŝi ne eraris. Ŝi antaŭsentis, ŝi sciis,
ke iam mi iĝos genia, ke la tuta mondo
parolos pri mi, ke ŝia filino estos la plej
riĉa kaj la plej feliĉa virino en la mondo.

Maria: Tamen vi ne amis panjon kaj vi nomis

ŝin maljuna klaĉulino.

Johano: Sed mi estimis ŝian antaŭsenton al la geniuloj. Oni min malhelpis konstrui etaeromobilon, sed nun neniu povas min malhelpi. Ni iĝos riĉaj. Nin atendas Parizo, Madrido, Tokio!

Maria: Johano kara, mi eĉ ne povas kredi!

Johano: La granda celo estas atingita. Vi komencu lerni Esperanton, ĉar malgraŭ milionuloj, sen lingvo ni estas perditaj!

Maria: Mi komencas tuj. Jen la lernolibro, kiun vi donacis al mi antaŭ nia nupto. Se mi estus sciinta, ke tiel rapide vi faros el akvo benzinon kaj tiel rapide ni iĝos milionuloj, mi jam delonge ellernus Esperanton.

Johano: Ne milionuloj, sed miliarduloj!

Maria: Dio mia! Parizo, Londono, Pekino, mercedesoj, vilaoj, baloj...

Johano: Somere sur Lazura Bordo, vintre - en la Alpoj! Esperanto-kongresoj, vojaĝoj, mondaj impresoj...

Maria: Johano, mi estas feliĉa, senlime feliĉa! Kiel dankema mi estas al mia patrino... Vi ne koleras, ĉu ne, ke komence por mi vi aspektis iom freneza, kaj la unuan tagon mi forpelis vin el nia domo, ĉu ne?

Johano: Ne kara! La plej geniaj viroj ĉiam estas
    iom frenezaj!
Maria: Fin-fine, same por mi eklumis la feliĉo!
    Mi ne plu laboros, ne aĉetados, ne kuiros.
    Forflugis ĉiuj miaj zorgoj!
Johano: Jes!
(Ili brakumas unu la alian kaj komencas kisi
unu la alian. Subite aŭdiĝas akra sonoro.)
Maria: (time) Iu sonorigas...
Johano: Strange, kiu estas?
Maria: Kiu decidis ĝuste nun maltrankviligi
    nin? Mi deziras, ke ni estu solaj. Nur ni
    duope!
(Maria denove brakumas Johanon kaj kusigas lin
sur la kanapon. Ĉe la pordo iu daŭre sonorigas.
Johano provas liberigi sin de Maria.)
Johano: Sed, sed, iu sonorigas, iu deziras eniri...
Maria: Ne gravas! Li sonorigu!
Johano: Tamen, tamen ni devas malfermi... Ne
    eblas...
Maria: (tede) Bone.
(Johano eliras por malfermi la pordon. Post
iomete la ĉambron enkuras viro kun fotoaparato,
ĵurnalista magnetofono kaj mikrofono mane.)
Ĵurnalisto: (peze spiranta) Bonan tagon,
    sinjorino, bonan tagon, sinjoro. Vi diris al

mi, ke mi venu hodiaŭ, kaj jen, mi jam estas ĉi tie. Mi ne havas paciencon! Diru, diru, ĉu vi sukcesis?

Johano: (fiere) Jes! Mi sukcesis!

Ĵurnalisto: Genie! Nekredeble! Atenton por momento!

(La Ĵurnalisto pretigas sian fotoaparaton.)

Ĵurnalisto: Bonvolu, ĉi tie, antaŭ la retortoj kaj la boteloj. Kaj vi, sinjorino. Bone, bonege! Ekridetu! Brave! Belege! Kaj nun ni ŝaltu la magnetofonon. Karaj radioaŭskultantoj, ni estas en la loĝejo de Johano Kler, unu el la plej geniaj inventistoj de nia jarcento. Estimata sinjoro Kler, bonvolu diri al niaj radioaŭskultantoj kion vi inventis? La tuta mondo aŭdu persone de vi pri via grandioza invento.

Johano: Hm, hm... hm...

Ĵurnalisto: Ne maltrankviliĝu. Antaŭ la mikrofono estu tiel kuraĝa kiel en la scienco.

Johano: Mi produktis el akvo benzinon...

Ĵurnalisto: Majeste! Vi mem aŭdis, karaj aŭskultantoj. Sinjoro Kler ĵus faris el akvo benzinon! Mi estas ege feliĉa, ke mi unua informas pri tiu ĉi senzacio! Imagu, en nia eta lando, tute ordinara, simpla, modesta, eĉ nerimarkebla viro, okulvitra, en griza kostumo, faris genian inventon! Sinjoro Kler, montru vian inventon!

Johano: Ĉio estas tre simpla. En glason da pura, ne tre varma akvo, ni verŝas tri gutojn el la likvajo, kiun mi inventis. Kaj jen, la akvo odoras je benzino. Ĉu ne?

(Johano verŝas tri gutojn en la glason da akvo kaj donas la glason al la ĵurnalisto.)

Ĵurnalisto: Odoras! Odoras je vera benzino, pura kaj diafana!

Johano: Jes! Kaj nun ni bruligas alumeton...

(Johano bruligas alumeton kaj aŭdiĝas forta tondro.)

Ĵurnalisto: (time) Sinjoro Kler, profesoro, ĉu vi ankoraŭ vivas? Karaj radioaŭskultantoj, la akvo en la glaso eksplodis kiel hidrogenbombo, sed feliĉe ĉio estas en ordo. La domo kaj la kvartalo ne detruiĝis. Sinjoro Kler, lia edzino kaj mi estas vivaj kaj sanaj. Ĉi terura tondro estis nur pruvo pri la granda senzacia invento. Tiu ĉi solvo anoncis novan epokon sur nia planedo! De hodiaŭ ne plu petrolo! Ne plu aĉa aero! Aŭtoj, aviadiloj, raketoj flugos nur per pura malvarma akvo! Por ĉiuj radiostacioj en la tuta mondo, de la loko de l'evento informis la ĵurnalisto Danielo Danieli. La devizo de nia radiostacio estas: "Ĉiam unuaj sur la loko de l'eksplodo, pardonu min, sur la loko de l'evento!" Kaj nun kelkaj demandoj al la feliĉa edzino, sinjorino...

Maria: Sinjorino Maria Kler.

Ĵurnalisto: Sinjorino Kler, kiam vi eksentis, ke via edzo estas inventisto?

Maria: Mi ne eksentis, sed ektimis, kiam antaŭ du jaroj Johano komencis preskaŭ ĉiunokte salti de la lito kaj krii: "Brulas, brulas, la akvo brulas!"

Ĵurnalisto: Genie! Simile al Mendeleev, Johano Kler sonĝis sian majestan inventon! Kaj vi, sinjorino, kion vi faris?

Maria: Mi deziris klarigi al li, ke la akvo ne povas bruli, sed li daŭre kriis: "Brulas, brulas, la akvo brulas!"

Ĵurnalisto: Karaj radioaŭskultantoj, ĉu tiu ĉi frazo ne memorigas al vi alian faman frazon, kiun eldiris alia granda sciencisto Galilejo, kiu antaŭ kelkaj jarcentoj ekkriis: "Kaj malgraŭ ĉio, ĝi turniĝas!" Jes! Malgraŭ ĉio la akvo brulas!

Maria: Jes. Ĝuste. Li kriis kiel freneza kaj ĉiunokte li vekis ne nur la najbarojn, sed la tutan kvartalon.

Ĵurnalisto: Kaj kiel vi reagis?

Maria: Mi deziris tuj voki kuraciston. Ja, mi sciis, ke mia edzo iom frenezas, sed mi tre amas lin kaj mi ne deziris sendi lin en frenezulejon.

Ĵurnalisto: Jes! Vi dediĉis al via edzo ne nur viajn tagojn, sed same viajn noktojn. Vi donis vian tutan vivon al tiu ĉi neordinara sciencisto! Vi pretas fari por li ĉion! Do, mi havas lastan demandon. De hodiaŭ vi estas milionuloj, kion vi faros per la mono?

Maria: Unue mi komencos lerni Esperanton.

Ĵurnalisto: Kion?

Maria: Kun mia edzo ni ekvojaĝos tra la mondo kaj unue ni devas ellerni la internacian lingvon Esperanto.

Ĵurnalisto: Bonege! Karaj radioaŭskultantoj, por vi, de la loko de l'evento, informis Danielo Danieli. Ni finas nian rektan elsendon el la domo de la genia inventisto Johano Kler, tamen ni daŭrigos sekvi la eventojn rilate la inventon. Al la feliĉa familio, al gesinjoroj Kler, ni deziras sukcesan ellernon de

Esperanto kaj agrablan vojaĝon tra la mondo. Ĝis reaŭdo.

(La Ĵurnalisto foriras. Maria kaj Johano restas solaj.)

Maria: Kia simpatia persono kaj kiel bone li informis pri la invento! Kial vi ne diris al mi, ke jam antaŭe vi parolis kun tiu ĉi ĵurnalisto?

Johano: Kara, tio ne gravas.

Maria: Certe panjo nun aŭdis de la radio pri via invento. Johano, mi estas ege feliĉa. Mi amas vin.

Johano: Kaj mi amas vin.

Maria: Pardonu min, ke foje, foje mi estis malĝentila al vi, ke mi nomis vin sentaŭgulo, idioto, sed mi ĉiam amis vin.

Johano: Mi scias, kara.

Maria: Mi nur deziris stimuli vian neordinaran inventemon. Mi deziris igi vin serioze labori.

Johano: Jes, kara, vi same estas inventema.

Maria: Kaj nun mi deziras, ke ni kune inventu etan belan bebon.

Johano: Bebon?

Maria: Jes! Ĝi estu saĝa kiel vi kaj bela kiel mi.

(Maria ĉirkaŭbrakas Johanon kaj provas kisi lin.)

Johano: Ĉu nun?

Maria: Nun! Dum ni estas inspiritaj. Ne estos malfacile. Vi faris tian grandan inventon kaj tute facile vi faros tian malgrandan bebon.

Johano: (dubeme) Eble...

Maria: Vi devas nur provi.

(Maria eksidas sur la kanapon apud Johano kaj komencas karesi lin. Johano iom deflankiĝas de Maria, sed ŝi proksimiĝas al li.)

Maria: (pasie) Kara mia inventisto de la fajro! Mi mem estas fajro! Fajrigu min! Bruligu min!

(Subite aŭdiĝas akra sonoro. Ambaŭ saltas de la kanapo kiel pikitaj.)

Maria: (kolere) Nun kiu estas?

Johano: Mi ne scias.

Maria: Strange! Antaŭe neniu venis ĉi tien kaj nun...

(Johano iras malfermi la pordon. Post iomete kune kun li en la ĉambron eniras arabo, vestita en longa blanka sario kun turbano. Enirante la arabo komencas paroli en malkorekta lingvo.)

Arabo: Alaho benu vin. Alaho vin doni monon, ĝojon kaj multe infano.

Johano: Tamen, sinjoro, kiu vi estas?

Arabo: Nun klarigi ĉion. Mi hodiaŭ aŭskulti

radion. Vi fari el akvo benzinon, ĉu?

Johano: Jes.

Arabo: Bele! Vi homo saĝa.

Maria: Tre saĝa.

Arabo: Mi ĝoja. Mi amiko via. Mi deziri paroli
kun vi.

Johano: Estus tre agrable.

Arabo: Mi riĉa, ege riĉa. Mi havi palacojn,
aŭtojn, vilaojn. En Ĝenevo - domon, en
Parizo - domon. Mi riĉa, ege riĉa!

Maria: Ĉu vi havas aviadilon?

Arabo: Havas. Mi veni per propra aviadilo, kaj
jakton havas.

Johano: Jes, mi komprenas.

Arabo: Bone. Mi kaj vi amikoj. Jen por vi ora
cigaredujo.

Johano: Mi ne fumas.

Arabo: Sen signifo. Tio estu eta memoraĵo de
mi Ahmed Sali Hasan Ben Mustafa Serif. Kaj
al sinjorino eta ora koliero de amiko de
familio.

Maria: (prenas la kolieron) Dankon. Koran
dankon, sinjoro Ahmed Hasan...

Arabo: Ahmed Sali Hasan Ben Mustafa Ŝerif.

Maria: Jes, jes, koran dankon.

Arabo: Mi ĝoja gasti en via domo. Via ĉambro

bela, via edzino bela... Ne, ne! Mi ne dormi ĉi tie. Mi havi hotelon.

Maria: En kiu hotelo vi estas?

Arabo: En "Metropolo" – hotelo bela, sed mi rapidas. Mi negocisto. Ni paroli serioze.

Johano: Jes.

Arabo: Tre bone. Mi deziri aĉeti vian inventon, viajn formulojn. Kiom kostas?

Johano: Kial?

Arabo: Kial. Estas akvo – estas benzino, kaj petrolon aĉetas neniu, kaj mi, kaj miaj fratoj araboj havi nenion, esti malriĉaj. Tial mi aĉeti vian inventon, viajn formulojn. Kiom kostas?

Johano: Sed mi ne vendas mian inventon.

Arabo: Vi ne estu maslaĝa. Vi havos dolarojn, multe, multe... Vi loĝi sur Palmo de Majorko. Vi havi aviadilon, jakton, dek belan virinojn.

Maria: (kolere) Kion? Kiajn virinojn?

Arabo: (time) Sinjorino, sinjorino, min pardonu. Mi erari. Ne virinoj. Havi dolaron, aviadilon, aŭtomobilon, dek belan aŭtomobilojn... Bone? Bone!

Maria: Bone.

Johano: Ne! Mi deziras nenion kaj nenion mi

vendas!

Arabo: Momenton! Vi pensi! Ni fari kontrakton. Mi doni al vi ĉion monon, aviadilon, jakton, virinon, pardonu, aŭtomobilon, kaj vi doni al mi inventon, formulojn.

Johano: Kial?

Arabo: Mi bruligas inventon kaj formulojn, kaj ĉio en ordo. Mi vendas petrolon - mi riĉa! Vi havas dolaron, aviadilon, aŭtomobilon - vi same riĉa. Bone!

Johano: Ne!

Arabo: Kial? Negoco bona. Mi rica, vi riĉa!

Johano: Ne! Mi ne vendas min!

Arabo: Sinjorino, vi bela, juna, vi min kompreni. Mi doni dolaron. Multe dolaro. Vi loĝi sur Palmo de Majorko, sur Parizo, sur Ĝenevo, kie vi deziri. Vi havi aviadilon, jakton... Bonvoli klarigi al via malsaĝa edzo.

Johano: (kolere) For! For de ĉi tie!

Arabo: Trankvile! Vi saĝa homo. Vi pensi. Vi riĉa, vi loĝi feliĉe, sed...

Johano: Nenio "sed". For! For de ĉi tie!

Arabo: Sed! Se vi ne doni inventon, formulojn, mi vin "paf", "paf" kaj vi morti!

Maria: Morti! Kion! Teroristo! Helpon, helpon! Polico!

Arabo: Sinjorino, mi ŝerci. Mi ne teroristo. Mi homo bona. Vi plaĉi al mi. Mi ne mortigi vian edzon. Li saĝa homo. Li nun doni inventon - mi doni monon, kaj li riĉa, mi riĉa, vi - feliĉa.

Johano: (krias) Neniam! Kion vi imagas!

Arabo: Bone. Vi pensi. Mi veni denove. Alaho doni al vi feliĉon, monon, aviadilon, aŭtomobilon kaj infanon, multe infano. Ĝis revido! (La arabo foriras.)

Maria: Dio! Kio nun okazos. Se oni murdos vin! Kial vi ne donis la inventaĵon? Ni estos riĉaj, ege riĉaj! Ni havos ĉion, aviadilon, jakton, aŭtomobilon...

Johano: Ĉu vi freneziĝis? Mi tutan vivon laboregas por inventi tion kaj nun mi donu ĝin al iu arabo por bruligi ĝin! Kion diros la estontaj generacioj! Kion diros la homaro! Johano Kler faris genian inventaĵon, sed bruligis ĝin pro aŭtomobilo kaj pro kelkaj dolaroj.

Maria: Jes! Vi pensas nur pri vi mem kaj pri via gloro! Vi tute ne pensas pri mi, pri nia estonta infano! jen, la homo deziris nur por sekundo fari nin la plej riĉaj en la mondo, kaj vi kategorie rezignis!

Johano: Jes, mi rezignis, ĉar mia inventaĵo ne kostas monon!

Maria: Egoisto! Grandega egoisto vi estas! Jen, la homo aŭdis de la radio pri vi, tuj li venas per sia propra aviadilo de la alia parto de la mondo, proponas al vi tute honestan negocon, sed vi pensas pri la homaro, pri la estontaj generacioj! Mi sciis, mi ĉiam sciis, ke vi estas naiva, kaj naiva vi restos!

Johano: (peteme) Manjo...

Maria: (plore) Ho, mi ĉiam estis malriĉa, malfeliĉa...

(Maria ploras. Johano ĉirkaŭbrakas ŝin kaj provas ŝin konsoli.)

Johano: Maria, ne ploru! La arabo venos denove. Ni pripensu. Eble iu alia proponos al ni pli da mono ol li.

Maria: Kial pli? Ĉu por vi ne sufiĉas loĝi en Palmo de Majorko, havi aviadilon, jakton, aŭtomobilon... Kion pli bezonas la homo?

Johano: Bone, bone, sed ni iom pripensu. Ja, ni ne povas tuj konsenti!

Maria: Jes, tamen ni devas pensi ne nur pri ni kaj pri la homaro, sed same pri nia estonta infano. Se ni estas malriĉaj, niaj infanoj estu riĉaj kaj feliĉaj! Kara, mi deziras havi du infanojn. Kiel ni nomu ilin? Mi proponas Espero kaj Esperina, esperante, ke ilia vivo estos tre feliĉa, ĉu ne?

Jonano: Jes! Ili estos la plej feliĉaj infanoj en la mondo!

Maria: Kara mia, mi vin senlime amas!

(Maria komencas kisi Johanon, sed subite aŭdiĝas akra sonoro.)

Maria: Kiu estas?

Johano: Mi ne scias.

Maria: Ho, ne estas plu trankvilo.

Johano: (al si mem) Eble mi devis konsenti kun la arabo kaj tuj ekloĝi en Palmo de Majorko. Maria: Pli rapide malfermu la pordon. Eble venas alia negocisto, kiu proponos al ni pli bonan negocon.

(Johano eliras kaj post iomete kune kun li la ĉambron eniras bela junulino. Maria kaj Johano mire rigardas ŝin.)

Hela: (memfide) Sinjorino, bonan tagon.

Maria: Bonan tagon.

Hela: Kiel vi fartas, Johano?

Johano: Sed, fraŭlino, pardonu min, mi vin ne konas.

Hela: Ĉu vere?

Johano: Verŝajne vi reprezentas iun petrolan firmaon?

Hela: Johano, vi tute ne perdis vian humursenton. Firmaon? De kie vi elpensis ĝin? Mi reprezentas nur min mem.

Johano: Tamen mi unuan fojon vidas vin.

Hela: Mi supozis tion. De kiam vi fariĝis granda inventisto, de kiam la radio kaj la ĵurnaloj informas nur pri vi, vi ja ne plu konas min. Ĉu ne?

Johano: Jes, mi neniam vidis vin...

Hela: Johano, ne ŝajnigu vin tiom distriĝema. Mi scias, la grandaj sciencistoj estas ofte distriĝemaj, sed vi iom troigas.

Johano: Eĉ vian nomon mi ne scias.

Hela: Ne gravas. Post nelonge vi rememoros ĝin. Pli gravas, ke mi scias vian nomon.

Maria: (kolere) Johano, mi nenion komprenas!

Johano: Mi same.

Hela: Ĉio estas tre klara. Hodiaŭ mi hazarde aŭdis de la radio, ke vi faris genian inventon. Mi nur ne komprenis ĉu el akvo vi faris benzinon, aŭ el benzino – akvon, sed ne gravas. Mi komprenis, ke vi tuj iĝis ne milionulo, sed miliardulo kaj mi venis saluti vin.

Maria: (minace) Johano, kiu estas tiu ĉi
sinjorino kaj kion ŝi serĉas ĉi tie?

Johano: Eĉ imagon mi ne havas.

Hela:(al Maria) Unue, mi ne estas sinjorino, sed
fraŭlino, kaj due, ne kredu al li, ke eĉ
imagon li ne havas.

Maria: Ĉu?

Hela: Jes, ĉar antaŭ via apero en lia vivo, li al
mi ĵuris pri eterna amo.

Johano: Sed kion vi parolas!

Hela: Johano, ne ŝajnigu vin falinta de la ĉielo.
Aŭ mi memorigu al vi kiel ni konatiĝis en
nia naska urbo Brizo?

Johano: Tamen mi naskiĝis en Sankta
Aŭgustino.

Hela: Ne gravas. Ja ĉiun vesperon ni renkontiĝis
en la mara ĝardeno de Brizo, kaj plurfoje vi
promesis al mi, ke post la geedziĝo ni
traveturos la tutan mondon.

Johano: Sed mi neniam estis en Brizo!

Hela: Do, laŭ vi, kie naskiĝis nia filino.

Maria: (mire) Ĉu filino!

Hela: Jes, sinjorino, nia filino, de Johano kaj de
mi, naskiĝis ĝuste antaŭ tri jaroj en Brizo.

Maria: Tio ne eblas. Mi kaj Johano geedziĝis
antaŭ kvin jaroj kaj ni neniam estis en

Brizo!

Hela: Verŝajne vi neniam estis, sed Johano ĉiun someron venis en Brizon kaj mensogis al mi, ke estas fraŭlo.

Maria: Vi mensogas! Johano ne scias kio estas somero, kio estas vintro.
De mateno ĝis vespero, en tiu ĉi ĉambro, li nur inventasi Li ne havas tempon eĉ infanon fari.

Hela: Por vi, eble ne, sed por mi – jes. Kaj jen, nia filino, lia kaj mia, jam estas trijara.

Johano: Kiel vi kuraĝas!

Hela: Ne timu. Mi bonege zorgas pri nia filino. Tamen, vi komprenas. Ŝi jam deziras scii kiu estas ŝia patro.

Johano: (kolere) Kiu estas ŝia patro!

Hela: Jes. Imagu ŝian feliĉon, kiam ŝi komprenos, ke ŝia patro estas unu el la plej geniaj inventistoj.

Johano: For de ĉi tie!

Hela: Ho, ne estu malĝentila, ĉar vi eĉ ne supozas kio povus okazi.

Maria: Sinjorino, tuj forlasu nian domon, aŭ mi vokos policon!

Hela: Mi ne kredas, ke ĝuste nun, kiam vi estas sur la pinto de la triumfo kaj kiam baldaŭ vi havos milionojn, vi deziras enmiksiĝi en eta publika skandalo!

Johano: Kiel?

Hela: Kiel ĉiam, same nun, mi estos modesta kaj honesta. Por mi mem mi deziras nenion. Vi nur sekurigu la vivon de nia filino.

Johano: Sed mi neniam vidis ŝin, eĉ ŝian nomon mi ne scias!

Hela: Ŝi estas ege dolĉa. Baldaŭ ni ambaŭ gastos al vi.

Johano: Dio mia! Kial?

Hela: Kial? Vi tri jarojn tute ne interesiĝis pri ŝi, kaj nun, kiam vi estas la plej riĉa viro en la mondo, vi devas ion fari por ŝi!

Johano: Ĉu?

Hela: Kompreneble! De hodiaŭ ĉiun monaton vi sendos al ŝi mil dolarojn!

Johano: Ĉu en Brizo?

Hela: Kie alie! Ni loĝas en Brizo. Ĉiun someron vi sendos ŝin en Londonon por tri monatoj!

Johano: En Londonon?

Hela: Jes! Per aviadilo!

Johano: Per aviadilo?

Hela: Kompreneble! Tio nenion kostos al vi. Ja, la aviadiloj flugos per via akvo. Ĝis ŝi iĝos dek ses-jara, mi akompanos ŝin en Londono.

Maria: Kial en Londono?

Hela: Ŝi devas lerni anglan lingvon! Kaj kiam ŝi iĝos dek ses-jara, vi sendos ŝin en San Franciskon, studi en kolegio.

Johano: Kial en San Francisko?

Hela: Ĉar nur tie studas la infanoj de la milionuloj!

Johano: Dio mia. Mi eĉ la adreson ne scias de via filino kaj kiel vi elpensis ĉion.

Hela: Ne maltrankviliĝu! Morgaŭ mi sendos mian advokaton por aranĝi la formalaĵojn.

Maria: For! For de ĉi tie!

Hela: Sinjorino, trankvile. Mi bone scias, ke vi ĵaluzas, sed ne koleru. Via edzo estas bonega homo, tenera, kara kaj... saĝa.

Maria: For! Publikulino!

Hela: (al Johano) Johano, mi ĉiam sciis, ke vi iĝos la plej fama viro en la mondo. Kredu min, mi ĉiam amis kaj estimis vin. Kredu, mi amas vin, kara.

(Hela proksimiĝas al Johano kaj provas kisi lin, sed Johano evitas ŝin.)

Maria: (krias) Ne!

Hela: Johano, ĉu vi memoras la stelajn

aŭgustajn vesperojn, la teneran plaŭdon de la ondoj, miajn varmajn mamojn... Ho kiel batis mia koro maltrankvile! Neniam mi forgesos vian flustron: "Mi amas vin, mi amas vin!"

Johano: Ĉu mi sonĝas?

Hela: Ne, kara. Tiel estis. Kiel en mirinda, neforgesebla sonĝo. Kaj se vi deziras, ĉio povas ripetiĝi denove. Nin atendas agrablaj travivaĵoj! Nin atendas Monako, Las Vegas, Montrealo...

Maria: For! Publikulino! For!

(Maria kaptas Helan kaj komencas puŝi ŝin al la pordo.)

Hela: (al Johano) Ĝis revido, kara. Ĝis morgaŭ kun mia advokato.

(Maria sukcesas forpeli Helan kaj revenas en la ĉambron.)

Maria: Do! Vi fripono, mensogulo! Sentaŭgulo! Mi laboregas, kuiras, purigas kaj vi promenas ĉe la maro kun junaj publikulinoj!

Johano: Sed, Manjo, vi bonege scias, ke mi neniam estis ĉe la maro, mi eĉ ne scias kiel ĝi aspektas.

Maria: Jes, vi nur scias flustri amajn konfesojn kaj havi trijaran filinon. Vi fripono! Ne! Mi ne deziras plu vidi vin!

Johano: Sed, Manjo...

Maria: Ne! Tuj mi divorcos!

Johano: Sed, kredu min! Neniam mi vidis tiun
ĉi sinjorinon, eĉ ŝian nomon mi ne scias.

Maria: Kaj de kie ŝi scias vian nomon?

Johano: Ja ŝi diris, ŝi aŭdis ĝin de la radio.

Maria: Ne! Mi ne kredas! Mi foriras! Mi forlasos
vin por ĉiam!

Johano: Sed, Manjo, mi petas vin! Ja ni planis
kune iri al Palmo de Majorko...

Maria: Iru kun tiu ĉi publikulino kaj plu ne
serĉu min!

Johano: Ja ni deziris kune traveturi la mondon,
havi infanojn... Pro tio mi laboris tage kaj
nokte...

(Maria komencas plori.)

Maria: Ĵuru, ĵuru, ke vi neniam estis en Brizo,
ke vi neniam antaŭe vidis tiun ĉi junan...
fraŭlinon.

Johano; Mi ĵuras! Mi ĵuras per mia invento, ke
mi neniam antaŭe vidis ŝin!

Maria: Johano, vi estas la plej bona viro en la
mondo.

Johano: Manjo, mi estas feliĉa. Mi atingis mian
plej grandan, plej subliman celon en la

vivo! El akvo mi faris benzinon kaj nur vi ĉiam estis ĉe mi. Vi kredis al mi!

Maria: Kara, trankviliĝu! Mi scias, ke por vi hodiaŭ estas la plej feliĉa, la plej hela tago, sed vi devas gardi vian sanon. Antaŭ vi estas multege da laboro.

Johano: Jes, la homaro atendas de mi novajn inventojn. Mi estas destinita puŝi antaŭen la homan progreson!

Maria: Kaj mi atendas de vi... Divenu!

Johano: Ankoraŭ pli geniajn inventojn!

Maria: Ne! Nur unu etan belan bebon, ĉu vi forgesis? Jam estas malfrue. Ĉiuj dormas. Ni same devas dormi. Plej bone eblas krei, kiam estas silento, mallumo, trankvilo.

(Maria ĉirkaŭbrakas Johanon kaj komencas kisi lin. La lumo sur la scenejo iom post iom estingiĝas. Subite aŭdiĝas mistera ekgrinco de pordo kaj molaj atentaj paŝoj.)

Maria: (flustre) Johano, iu paŝas en la ĉambro.

Johano: (flustre) Jes.

Maria: (flustre) Ŝajne li proksimiĝas al la tablo...

Johano: (flustre) Jes.

Maria: (flustre) Li serĉas ion sur la tablo...

Johano: Eble...

(Subite de la tablo falas retorto, kiu dispeciĝas

sur la plankon. Johano kaj Maria saltas de la kanapo. La ŝtelisto same time eksaltas de la tablo.)

Johano: Haltu! Kiu estas?

(Johano ŝaltas la lampon. La scenejo eklumas. La ŝtelisto direktas pistolon al Johano kaj Maria.)

Ŝtelisto: Levu la manojn! Ne moviĝu!

Johano kaj Maria: (levas la manojn) Helpon! Help...

Ŝtelisto: Nur vorton, kaj vi ekveturos al alia mondo!

Johano: Sed, sed, k-k-kion vi deziras?

Maria: Dio, ni havas nenion. Eĉ moneron ni ne havas...

Ŝtelisto: Silentu!

Johano: Jen, ni havas nenion...

Ŝtelisto: Tuj mi pafos!

(La ŝtelisto serĉas ion sur la tablo, sub la tablo, en la tirkestoj de la libroŝranko.)

Ŝtelisto: (al Johano) Diru kie ili estas?

Johano: Mi ankoraŭ ne havas dolarojn. Jen, nur tiun ĉi oran cigaredujon mi havas. Sed ĝi ne estas mia. Oni ĝin donacis al mis, sed... mi ne fumas...

(La ŝtelisto prenas la cigaredujon kaj ĵetas ĝin

en la angulon de la ĉambro.)

Ŝtelisto: Diru kie ili estas?

Johano: K-k-kio?

Ŝtelisto: La formuloj de la inventaĵo!

Johano: Ĉu pri la benzino?

Ŝtelisto: Pri la akvo kaj benzino, pri kio vi
parolis hodiaŭ en la radio!

Johano: Ne! Ne! Mi ne donos ilin!

(La ŝtelisto kaptas Marian kaj direktas la
pistolon al ŝia tempio.)

Ŝtelisto: Se vi ne donos ilin, mi ŝin pafmortigos!

Johano: (krias) Ne! Ne! Neniam!

Ŝtelisto: Bone! Mi nombros ĝis tri!

Maria: (plore) Johano, mi petas vin! Savu min!
Ja ni revis kune traveturi la mondon, havi
infanojn.

Ŝtelisto: (al Maria) Silentu! Unu!

Johano: Ne! Ĉi invento estas la senco kaj la
enhavo de mia vivo!

Maria: (plore) Johano, donu al li la formulojn.
Mi ne plu deziras traveturi la mondon, nek
havi aviadilon, nek loĝi en Palmo de
Majorko... Ŝtelisto: Ne parolu! Du!

(En tiu ĉi momento el iu angulo de la ĉambro
aperas la arabo kun pistolo en la mano.)

Arabo: (al la Ŝtelisto) Levu la manojn! Mi pafos!

(La ŝtelisto eligas sian pistolon, kiu falas sur la plankon. La arabo rapide prenas ĝin.)

Arabo: (ridas) Ha, ha, ha. Mi scii, ke mia amiko havi malagrablaĵojn, kaj mi kaŝi min ĉi tie por helpi al li kaj al lia bela virino. Ha, ha, ha.

Maria: Sinjoro Hasan Ahmed... koran dankon, vi savis mian vivon...

Johano: Sinjoro, koran, koran dankon.

Arabo: Mi ami miajn amikojn.

(En tiu ĉi momento la ĉambron eniras la ĵurnalisto kun mikrofono en la mano kaj komencas paroli.)

Ĵurnalisto: Karaj radioaŭskultantoj, parolas radiostacio "Ĉiam unuaj sur la loko de l'evento". Ni supozis, ke ĉi-nokte en la loĝejo de la genia inventisto Johano Kler okazos io kaj kaŝe ni restis ĉi tie por informi vin eĉ pri la plej eta evento...

(La arabo malproksimiĝas de la ŝtelisto, iras al la ĵurnalisto kaj provas preni la mikrofonon el lia mano.)

Arabo: Ne! Ne! Radio ne!

(Dum la arabo kaj la ĵurnalisto puŝas unu la alian, la ŝtelisto forkuras.)

Ĵurnalisto: Karaj radioaŭskultantoj! Antaŭ

minutoj oni provis ŝteli la inventon de l' jarcento, sed la Ŝtelisto estis kaptita de la nobla milionulo Ahmed Sali Hasan Ben Mustafa, amiko de familio Kler. Sinjoro Ahmed, kion vi eksentis, kiam vi rimarkis la ŝteliston eniri domon de via amiko?

Arabo: Mi senti devi helpi mian amikon.

Ĵurnalisto: Kaj kion vi eksentis, sinjoro Kler?

Johano: Mi eksentis, ke mi devas savi, nepre savi mian inventon, eĉ se mi kaj mia edzino pereus!

Ĵurnalisto: Kaj vi, sinjorino Kler?

Maria: (kolere) Mi sentas, ke mi ne povas plu vivi en tiu ĉi infero! Mi ne deziras esti rica! Mi ne deziras esti rica! Mi ne deziras havi aviadilon, jakton, aŭtomobilojn, nek loĝi en Palmo de Majorko! Mi neniigos ĉion! Mi bruligos la inventaĵon, la formulojn! Mi ne bezonas akvon! Mi ne bezonas benzinon! Tio ne estas vivo, sed infero, infero!

(Maria prenas el la libroŝranko la kajeron kun la formuloj de la inventaĵo kaj komencas disŝiri ĝin. Johano kaj la arabo provas haltigi ŝin.)

Maria: (al Johano kaj al arabo) Lasu min! For de ĉi tie!

Ĵurnalisto: Karaj radioaŭskultantoj! En tiu ĉi

historia momento sinjorino Kler disŝiras la
formulojn, romprigas la retortojn kaj la
provtubojn. La genia invento, la invento de
l'jarcento malaperas por ĉiam! Bedaŭrinde!
Ege bedaŭrinde por la tuta homaro! De la
loko de l'evento informis Danielo Danieli.
Fino.
(Maria rompas retortojn kaj provtubojn. Aŭdiĝas
subita tondro kaj la scenejo dronas en
mallumo.)

Fino

Sofio, la 21-an de majo 1992

세기의 발명

등장인물
요하노 클레르 – 젊은 발명가
마리아 클레르 – 발명가의 아내
기자
아랍인
헬라 – 아름답고 매력적인 젊은 여성
도둑

무대는 탁자, 소파, 그리 크지 않은 책장이 있는 방을 보여 준다. 탁자 위에는 레토르트,[2] 시험관, 비커, 분젠 버너가 보인다. 탁자 옆에는 화학 실험을 하고 있는 청년이 서 있다. 그는 극도로 열중하고 있다. 한 젊은 여성이 가득한 두 개의 가방을 손에 들고 방으로 들어온다. 그녀는 가방을 놓고 잠시 동안 화가 나서 청년을 지켜 본다. 그런 다음 그녀는 격렬하게 비명을 지르기 시작한다.

마리아: 이제 실험을 중단하세요! 오직 미친 사람만이 물에 서 휘발유를 생산할 것이라고 주장할 수 있어요! 당신이 물을 가지고 실험을 하는 동안 당신 친구들은 돈을 가지고 노는데 그들은 이미 부자가 됐어요.
(요하노는 그녀의 말을 듣지 못한 듯 침묵하며 침착하게 실

---

2) 화학 실험용 기구의 일종으로 플라스크 모양으로 되어있다. 주로 증류(蒸溜)를 위한 가열 기구로 사용하며, 석탄 등을 건류(乾溜)해 석탄 가스를 얻는 데에도 이용된다.

험을 계속한다.)

마리아: 그래, 당신은 내 말을 못 들은 척하지만, 지금 당장 나는 모든 것을 부수고 다 쓰레기통에 버릴 거야.

(마리아가 탁자로 위협적으로 다가가 레토르트 중 하나를 집으려 한다.)

요하노: (간청하며) 마리아, 제발 분별력을 가져. 부탁해!

마리아: (화가 나서) 안돼! 모든 것을 부술 거야! 모든 것을 버릴 거야! 더 이상 참을 수 없어!

(잠시 동안 요하노는 탁자에 접근하는 그녀를 막으려 하지만 그녀는 간신히 레토르트 중 하나를 집어서 바닥에 던진다. 레토르트가 요란하게 부서진다.)

마리아: (계속 외친다) 안돼! 더 이상 당신을 볼 수 없어. 당신은 바보예요! 당신은 하루 종일 여기에 서서 물을 붓고 나는... 나는 일하고, 쇼핑하고, 요리해요!

요하노: 여보, 이해해줘...

마리아: 아니! 아무것도 이해하지 못해! 모든 것을 부수고 모든 것을 버리고 우리 이혼해요!

(마리아는 다시 탁자에 몸을 던졌지만 이제 요하노는 단호하게 그녀를 멈추고 소파에 앉게 한다. 마리아는 울기 시작한다.)

마리아: (울면서) 오, 불쌍하고 불행한 나. 내가 왜 당신과 결혼했나요? 그때도 나는 당신이 미쳤다고 짐작했지만 당신이 그렇게 미쳤다고 믿지 않았어요. 오, 얼마나 잔인한 운명인가! 나는 내 인생을 엉망으로 만들었어!

요하노: (부탁하며) 여보...

마리아: 더 이상 당신을 보고 싶지도 않고, 당신의 빌어먹

을 시험관도 보고 싶지 않아요!

(마리아가 우는 동안 요하노는 무의식적으로 레토르트에 붉은 액체를 붓고 큰 진동 소리가 들린다. 마리아는 소피에서 두려움에 기절한다. 요하노는 미친 듯이 비명을 지르기 시작한다.)

요하노: 됐어! 됐어! 물이 불타고 있어! 물이 불타고 있어!

마리아: (같이 외치며) 오, 오, 오! 아파트가 부서졌어! 아파트에 불이 났어!!

요하노: 내가 공식을 발명했어!

마리아: (계속 소리지르며) 오, 당신은 아파트를 부수려고 해요! 우리는 집도 없고 지붕도 없이 거리에 나갈 거예요! 오, 불쌍하고 불행한 나, 누가 당신과 결혼하게 했는지...

요하노: 여보, 울지마! 우리에게 오늘은 가장 행복하고 가장 큰 날이야!

마리아: 오, 난 이미 행복을 봤어, 내 인생은 피치처럼 검지.

요하노: 드디어! 나는 공식을 발명했어. 물이 불타고 있어! 물로 휘발유를 만들었어! 내일 우리는 부자가 될 거야, 무한히 부자가 될 거야!

마리아: 맙소사! 당신은 미쳤어. 예, 항상 미쳤지만 지금은 완전히 미쳤어!

요하노: 드디어! 물이 휘발유로 변했어!

마리아: 무얼 해야 하나? 미치광이를 간호해야 해. 물로 휘발유를 만드는 것이 어떻게 가능해!

요하노: (의기양양하게) 여기, 봐! 이 잔에 깨끗한 찬물을 부었어. 그게 물이야? 마셔!

(마리아는 소심하게 유리잔을 바라보고 감히 요하노에게 다가가려 하지 않는다.)

요하노: 진정해! 그것은 자연의 순수한 물이야. 여기, 조금 마실 테니 독이라고 생각하지 마.

(요하노가 조금 마신다. 마리아는 소심하게 잔을 들고 조금 마신다.)

마리아: 네, 그건 물이네요.

요하노: 시 수도관에서 나오는 찬물이야. 그리고 이 물은 비용이 거의 들지 않아. 이제 이 액체를 세 방울만 유리잔에 부어.

마리아: 어떤 액체요?

요하노: 아니! 아니요! 그것에 대해 나에게 묻지 마. 나는 그 액체가 무엇이며 어떻게 발명했는지 누구에게도, 심지어 내 아내에게도 말하지 않겠다고 맹세했어. 당신은 그냥 봐. 여기, 하나, 둘, 셋. 어떤 냄새가 나?

마리아: 휘발유!

요하노: 네! 진짜 휘발유야. 그리고 지금. 성냥불을 붙이고...

(큰 천둥소리가 다시 들린다.)

마리아: (무서워) 맙소사!

요하노: 봤어? 멋져! 믿을 수 없어! 내일이면 온 세상이 천 개의 신문, 텔레비전, 라디오가 나만 이야기하게 될 거야! 나, 요하노 클레르는 인류의 진보와 문명에 혁명을 일으켰어! 더 이상 유정, 석유 산업, 석유 전쟁은 없어! 가장 가난한 사람도 깨끗한 물 한 통을 차 탱크에 붓고 세계 일주를 할 거야. 수백만이 우리에게 흘러들기 시작할 것이고, 오히려 우리는 물에 빠진 것처럼 수백만

에 익사할 거야!

마리아: 요하노, 당신은 훌륭해요!

요히노: 그래!

마리아: 요하노, 사랑해요!

요하노: 그리고 나도 당신을 사랑해!

마리아: 나는 항상, 항상 당신을 사랑했어요! 그래도 뭔가 고백해야지...

요하노: 뭐?

마리아: 당신이 나에게 사귀자고 할 때, 난 당신과 전혀 결혼하고 싶지 않았어요...

요하노: 왜?

마리아: 왜냐면, 당신이 조금 보였기 때문에, 내가 어떻게 말해야 할까, 약간 미쳤지만, 단지 조금...

요하노: 내가?

마리아: 네! 결국 당신은 나에게 별이나 달에 대해 말하지 않고 작은 비행기에 대해 이야기했고 어떻게 그것을 발명하고 우리가 그것으로 전 세계를 여행할 수 있는지 설명했죠...

요하노: 맞아, 아이디어가 있었거든. 기발한 아이디어. 나는 항상 아이디어가 있었지만 사람들이 방해했어...

마리아: 누가?

요하노: 모두! 그들은 내 아이디어를 훔치고 싶었어.

마리아: 하지만 그때 당신은 아무것도 발명하지 못하고 그냥 말만 했어요

요하노: 하지만 그때 당신은 나를 믿었어. 그렇지? 당신만이 나를 믿었고, 그것이 나에게 날개를 주었어...

마리아: 아뇨, 믿는 척했을 뿐...

요하노: 그런데, 그럼 왜 나랑 결혼했어?

마리아: 엄마가 날...

요하노: 장모님이?

마리아: 네.

요하노: 그리고 장모님은 틀리지 않았어. 언젠가 내가 천재
　　　가 될 것이고 온 세상이 나에 대해 이야기할 것이며 딸
　　　이 세상에서 가장 부유하고 행복한 여성이 될 거라는
　　　예감이 있었어.

마리아: 하지만 당신은 엄마를 사랑하지 않았고 늙은 수다
　　　쟁이라고 불렀어요.

요하노: 하지만 천재에 대한 장모님의 예감을 존경해. 사람
　　　들이 내가 작은 비행기를 만드는 것을 방해했지만 지금
　　　은 아무도 나를 막을 수 없어. 우리는 부자가 될 거야.
　　　파리, 마드리드, 도쿄가 우리를 기다리고 있어!

마리아: 요하노, 믿을 수조차 없어요!

요하노: 위대한 목표를 달성했어. 백만장자임에도 불구하고
　　　우리는 언어가 없으면 길을 잃기 때문에 에스페란토를
　　　배우기 시작해!

마리아: 바로 시작할게요. 이것은 우리 결혼식 전에 당신이
　　　나에게 준 교과서야. 물에서 그렇게 빨리 휘발유를 만
　　　들고 우리가 그렇게 빨리 백만장자가 될 줄 알았다면
　　　나는 오래 전에 에스페란토를 배웠을 거야.

요하노: 백만장자가 아니라 억만장자야!

마리아: 맙소사! 파리, 런던, 베이징, 메르세데스, 빌라, 무도
　　　회...

요하노: 여름에는 라주라 해변에서, 겨울에는 알프스에서!
　　　에스페란토 회의, 여행, 세계 풍경...

마리아: 여보, 나는 행복해, 한없이 행복해요. 어머니께 얼
　　　마나 감사한지... 당신이 좀 미친 것처럼 보여, 처음에
　　　내가 당신을 우리 집에서 쫓아내 당신은 화난 거 아니
　　　지, 맞지?

요하노: 아니, 여보! 가장 뛰어난 남자는 항상 약간 미쳤어!

마리아: 마침내 나에게도 행복이 찾아왔어! 나는 더 이상 일
　　　하지 않을 거야, 쇼핑도, 요리도 않을 거야. 모든 걱정
　　　이 날아갔어!

요하노: 네!

(그들은 서로 껴안고 키스하기 시작한다. 갑자기 날카로운
벨소리가 들린다.)

마리아: (두려워) 누가 벨을 눌러...

요하노: 이상해, 누구지?

마리아: 누가 지금 우리를 걱정시키기로 작정했지? 나는 우
　　　리만 있으면 좋겠는데. 단지 우리 둘만!

(마리아는 요하노를 다시 안아 소파에 앉힌다. 문에서 누군
가 계속 초인종을 누른다. 요하노는 마리아에게서 벗어나려
고 한다.)

요하노: 하지만, 하지만, 누군가 벨을 누르고, 누군가 들어
　　　오고 싶어해...

마리아: 상관없어! 벨을 울리게 둬요!

요하노: 그러나, 우리는 열어야 해... 할 수 없어...

마리아: (지루하게) 좋아요

(요하노가 문을 열러 나간다. 잠시 후 한 남자가 카메라, 기

자용 테이프 녹음기, 마이크를 손에 들고 방으로 뛰어든다.)

기자: (가쁜 숨을 몰아쉬며) 안녕하십니까, 부인, 안녕하십니까, 선생님. 오늘 오라고 하셔서 여기 왔습니다. 참을성이 없습니다! 말해보십시오, 성공했습니까?

요하노: (자랑스럽게) 네! 성공했습니다!

기자: 훌륭합니다! 믿을 수 없네요! 잠시 주목해 주십시오!

(기자가 카메라를 준비한다.)

기자: 여기, 레토르트와 병 앞에서 부탁드립니다. 그리고 부인. 좋습니다, 좋아요! 미소를 지으세요! 대단합니다! 멋집니다! 이제 테이프 레코더를 켭니다. 라디오 청취자 여러분, 우리는 금세기 가장 뛰어난 발명가 중 한 명인 요하노 클레르 씨의 아파트에 있습니다. 친애하는 클레르 씨, 라디오 청취자들에게 당신이 발명한 것을 알려 주세요. 전 세계가 당신의 훌륭한 발명품에 대해 직접 듣게 해 주세요.

요하노: 흠, 흠... 흠...

기자: 걱정 마세요. 마이크 앞에서 과학을 하는 것처럼 용감해지세요.

요하노: 물에서 휘발유를 만들었습니다...

기자: 대단합니다! 친애하는 청취자 여러분, 직접 들었습니다. 클레르 씨는 방금 물을 휘발유로 바꿨습니다! 이 새로운 사실을 처음으로 보고하게 되어 매우 기쁩니다! 우리 작은 나라에서 완전히 평범하고 단순하며 겸손하고 눈에 띄지 않는 사람이 안경에 회색 양복을 입고 눈부신 발명품을 만들었다고 상상해 보십시오! 클레르 씨, 당신의 발명품을 보여주세요!

요하노: 모든 것이 매우 간단합니다. 깨끗하고 뜨겁지 않은 물 한 잔에 내가 발명한 액체 세 방울을 붓습니다. 그리고 보십시오, 물에서 휘발유 냄새가 납니다. 그렇지요?

(요하노는 물잔에 세 방울을 붓고 그 잔을 기자에게 건네준다.)

기자: 냄새가 나요! 진짜 휘발유 냄새, 깨끗하고 맑은!

요하노: 네! 그리고 이제 우리는 성냥불을 붙입니다...

(요하노가 성냥불을 켜자 큰 천둥소리가 들린다.)

기자: (무서워하며) 클레르 교수님, 아직 살아계십니까? 라디오 청취자 여러분, 유리잔 속 물이 수소폭탄처럼 폭발했지만 다행히 다 괜찮습니다. 집과 이웃은 파괴되지 않았습니다. 클레르 씨, 그의 아내와 나는 살아 있고 건강합니다. 이 무시무시한 천둥은 위대한 선풍적인 발명품의 증거에 불과했습니다. 이 해결은 우리 지구의 새 시대를 예고했습니다! 오늘부터 기름은 더 필요없습니다! 불쾌한 공기는 이제 그만! 자동차, 비행기, 로켓은 순수한 차가운 물로 날 수 있습니다! 전 세계의 모든 라디오 방송국을 위해 다니엘로 다니엘리 기자가 사건 현장에서 보도했습니다. 우리 라디오 방송국의 모토는 "항상 폭발 현장에서 죄송합니다. 사건 현장에서! 먼저," 입니다. 이제 행복한 아내에게 몇 가지 질문을 드립니다. 부인...

마리아: 마리아 클레르 입니다.

기자: 클레르 부인, 남편이 발명가라는 사실을 언제 깨달았습니까?

마리아: 느끼지는 못했지만 2년 전 요하노가 거의 매일 밤 침대에서 벌떡 일어나 "불탄다 탄다, 물이 타오른다!" 소리쳤을 때 무서웠어요.

기자: 천재군요! 멘델레프와 마찬가지로 요하노 클레르는 장엄한 발명품을 꿈꿨습니다! 그리고 부인께선 무엇을 했습니까?

마리아: 나는 그에게 물은 탈 수 없다고 설명하고 싶었지만 그는 계속해서 "불탄다 탄다, 물이 타오른다!" 라고 소리쳤어요.

기자: 친애하는 라디오 청취자 여러분, 이 문장은 몇 세기 전에 또 다른 위대한 과학자 갈릴레오가 말한 "모든 것에도 불구하고 지구는 돈다. 예 모든 것에 불구하고 물은 타오른다!" 다른 유명한 문장을 떠올리게 하지 않습니까?

마리아: 네. 좋아요. 그는 미친 듯이 소리를 지르며 매일 밤 이웃뿐만 아니라 온 동네를 깨웠습니다.

기자: 그리고 어떻게 반응하셨습니까?

마리아: 당장 의사를 부르고 싶었어요. 네, 제 남편이 약간 미쳤다는 건 알았지만 저는 그를 매우 사랑해서 정신병원에 보내고 싶지 않았어요.

기자: 네! 부인께선 자신의 낮뿐만 아니라 밤도 남편에게 바쳤습니다. 부인께선 이 비범한 과학자에게 평생을 바쳤습니다! 부인께선 그를 위해 모든 것을 할 준비가 되었습니다! 그래서 마지막 질문이 하나 있습니다. 오늘부터 부인께선 백만장자, 그 돈으로 무엇을 하시겠습니까?

마리아: 먼저 에스페란토를 배우기 시작하겠습니다.

기자: 뭐라고요?

마리아: 남편과 저는 세계를 여행할 예정이고 먼저 국제어 인 에스페란토를 배워야 합니다.

기자: 좋습니다! 사랑하는 라디오 청취자 여러분, 사건 현장에서 다니엘로 다니엘리가 알려드립니다. 천재 발명가 요하노 클레르의 집에서 진행하는 생방송은 종료하지만, 발명과 관련된 이벤트는 계속 이어가도록 하겠습니다. 행복한 가족 클레르 부부에게 성공적인 에스페란토 학습과 즐거운 세계 여행을 기원합니다. 그럼 안녕히 계십시오.

(기자는 떠난다. 마리아와 요하노만 남는다.)

마리아: 그 기자가 발명품에 대해 얼마나 잘 알렸는지! 정말 좋은 사람이군요. 이전에 그 기자와 이미 통화한 적이 있다고 왜 나에게 말하지 않았나요?

요하노: 여보, 그건 중요하지 않아.

마리아: 엄마가 라디오에서 당신의 발명품에 대해 들었을 거예요. 요하노, 나는 매우 행복해요. 사랑해요.

요하노: 그리고 나도 사랑해.

마리아: 가끔, 가끔은 당신에게 무례하게 굴고, 당신을 쓸모 없는 바보라고 불렀지만, 난 항상 당신을 사랑했던 것을 용서하세요.

요하노: 알아, 여보.

마리아: 나는 단지 당신의 비범한 창의력을 자극하고 싶었을 뿐이에요. 당신이 진지하게 일하게 만들고 싶었어요.

요하노: 그래, 여보, 당신도 창의적이야.

마리아: 그리고 이제 우리가 함께 작고 아름다운 아기를 가

지면 좋겠어요.

요하노: 아기?

마리아: 네! 당신처럼 현명하고 나처럼 아름다운.

(마리아는 요하노를 껴안고 키스하려고 한다.)

요하노: 지금?

마리아: 지금! 우리가 영감을 받는 동안. 어렵지 않을 거예
　　　요. 당신은 그렇게 큰 발명품을 만들었고 아주 쉽게 그
　　　렇게 작은 아기를 만들 거예요.

요하노: (의심) 아마도..

마리아: 시도만 하면 되요.

(마리아는 요하노 옆에 있는 소파에 앉아 그를 애무하기 시
작한다. 요하노는 마리아에게서 조금 멀어지지만 그녀는 그
에게 더 가까이 다가간다.)

마리아: (열정적으로) 친애하는 불의 발명가여! 나 자신이
　　　불이예요! 나를 불태워요! 날 태워!

(갑자기 날카로운 소리가 들린다. 둘 다 쏘인 듯이 소파에
서 뛰어내린다.)

마리아: (화가 나서) 지금 누가 있죠?

요하노: 모르겠어.

마리아: 이상해! 이전에도 지금에도 아무도 오지 않았어요..

(요하노가 문을 열러 간다. 잠시 후 터번이 달린 긴 흰색
사리를 입은 아랍인이 그와 함께 방으로 들어온다. 아랍인
이 들어오면서 잘못된 언어로 말하기 시작한다.)

아랍: 알라의 축복이 있기를. 알라 신이 당신에게 돈과 기
　　　쁨과 많은 자녀를 주시기를 바랍니다.

요하노: 하지만 선생님, 당신은 누구십니까?

아랍인: 이제 모든 것을 설명하십시오. 나는 오늘 라디오를
　　　 듣습니다. 물로 휘발유를 만든다, 그렇지?

요하노: 네.

아랍: 좋아요! 당신은 현명한 사람입니다.

마리아: 매우 똑똑합니다.

아랍인: 반가워요. 나는 당신의 친구입니다. 난 당신과 얘기
　　　 하고 싶어.

요하노: 아주 좋을 텐데.

아랍인: 나는 부자입니다. 아주 부자입니다. 나는 궁전, 자
　　　 동차, 빌라가 있습니다. 제네바에는 집, 파리에는 집.
　　　 나는 부자야, 아주 부자야!

마리아: 비행기 있어요?

아랍: 있습니다. 나는 내 비행기로 왔고 요트가 있습니다.

요하노: 네, 알겠습니다.

아랍인: 좋습니다. 나와 당신 친구들. 여기 당신을 위한 황
　　　 금 담배 케이스가 있습니다.

요하노: 나는 담배를 피우지 않습니다.

아랍인: 중요하지 않아요. 그것은 나 아메드 살리 하산 벤
　　　 무스타파 세리프의 작은 기념품이 될 것입니다. 그리고
　　　 부인에게는 가족 친구의 작은 금 목걸이.

마리아: (목걸이를 들고) 감사합니다. 아메드 하산 님. 대단
　　　 히 감사합니다.

아랍인: 아메드 살리 하산 벤 무스타파 세리프

마리아: 네, 네, 정말 감사합니다.

아랍인: 당신의 집에 손님이 된 것을 기쁘게 생각합니다.
　　　 당신의 방은 아름답습니다, 당신의 아내는 아름답습니

다 … 아니, 아니! 나는 여기서 자지 않는다. 호텔이 있습니다.

마리아: 어느 호텔에 계세요?

아랍인: "메트로폴로" 에 - 좋은 호텔이지만 나는 급합니다. 저는 사업가입니다. 진지하게 이야기합시다.

요하노: 네.

아랍인: 아주 좋습니다. 나는 당신의 발명품, 당신의 공식을 사고 싶습니다. 비용은 얼마입니까?

요하노: 왜요?

아랍인: 왜. 물이 있으니-휘발유가 있고, 아무도 기름을 사지 않으며 나와 내 아랍 형제는 아무 것도 없어 가난해질 것입니다. 그것이 내가 당신의 발명품, 당신의 공식을 사는 이유입니다. 비용은 얼마입니까?

요하노: 하지만 난 내 발명품을 팔지 않습니다.

아랍인: 너무 어리석지 마세요. 당신은 달러, 많이, 많이 가질 것입니다... 당신은 팔마 데 마요르카에 살 것입니다. 비행기, 요트, 열 명의 아름다운 여성을 가질 것입니다.

마리아: (화가 나서) 뭐? 어떤 여자?

아랍인: (무섭게) 부인, 부인, 실례합니다. 내가 틀렸어. 여자가 아닙니다. 달러, 비행기, 차, 멋진 차 10대를 가지려면... 알았지? 좋아요!

마리아: 좋아요.

요하노: 아니! 나는 아무것도 원하지 않으며 아무것도 팔지 않습니다!

아랍: 잠깐만요! 생각해요! 우리는 계약을 맺습니다. 나는 당신

에게 모든 돈, 비행기, 요트, 여자, 미안, 차를 제공하고 당신은 발명품, 공식을 제공합니다.

요하노: 왜요?

아랍인: 나는 발명품과 공식을 불태우고 모든 것이 괜찮습니다. 나는 기름을 팔고 - 나는 부자다! 당신은 달러, 비행기, 자동차를 가집니다. 당신도 역시 부자입니다. 좋아요!

요하노: 아니요!

아랍인: 왜요? 좋은 사업. 나는 부자, 당신은 부자!

요하노: 아니! 나는 나 자신을 팔지 않습니다!

아랍인: 부인, 당신은 아름답고 젊습니다. 당신은 나를 이해합니다. 나는 달러를 줍니다. 많은 달러. 팔마 데 마요르카, 파리, 제네바 어디에서나 살 수 있습니다. 당신은 비행기, 요트를 가질 수 있습니다. 당신의 어리석은 남편에게 설명하십시오

요하노: (화가 나서) 저리 가! 여기서 나가!

아랍인: 조용해! 당신은 현명한 사람입니다. 생각해요! 당신은 부자, 행복하게 살지만...

요하노: "하지만" 은 없습니다. 저리 가! 여기서 나가!

아랍인: 하지만! 발명품, 공식을 제공하지 않으면 "빵", "빵" 하고 당신은 죽을 것입니다!

마리아: 죽어! 뭐! 테러리스트! 도와줘, 도와줘! 경찰!

아랍: 부인, 농담이에요. 나는 테러리스트가 아닙니다. 나는 좋은 사람입니다. 당신은 나를 기쁘게 합니다. 나는 당신의 남편을 죽이지 않을 것입니다. 그는 현명한 사람입니다. 그는 이제 발명품을 제공합니다 나는 돈을주고

그는 부자, 나는 부자, 당신은 행복합니다.

요하노: (소리치며) 절대! 당신은 무엇을 상상합니까!

아랍인: 좋습니다. 생각해요! 나는 다시 온다. 알라 신이 당신에게 행복, 돈, 비행기, 자동차, 아이, 많은 아이들을 주시기를 바랍니다. 안녕! (아랍인이 떠난다.)

마리아: 맙소사! 지금 무슨 일이 일어날까요? 사람들이 당신을 죽이면! 왜 발명품을 주지 않았습니까? 우리는 부자가 될 것입니다, 크게 부자가 될 것입니다! 우리는 모든 것을 가질 겁니다, 비행기, 요트, 자동차...

요하노: 미쳤어? 나는 그것을 발명하기 위해 내 평생을 열심히 일해 왔고 이제 나는 그것을 불태우도록 어떤 아랍인에게 줄 것인가! 미래 세대는 무엇이라고 말할 것인가! 인류는 무엇이라고 말할 것인가! 요하노 클레르는 훌륭한 발명품을 만들었지만 자동차와 몇 달러 때문에 불태워 버렸다.

마리아: 네! 당신은 당신 자신과 당신의 영광만을 생각해요! 당신은 나에 대해, 미래의 우리 아이에 대해 전혀 생각하지 않아요! 여기에서 인간은 우리를 세계에서 가장 부유하게 만들기 위해 잠시만 원했고 당신은 절대적으로 포기했어요!

요하노: 그래, 내 발명품은 비용이 들지 않기 때문에 포기했어!

마리아: 이기적이야! 당신은 엄청난 이기주의자예요! 여기, 그 남자는 라디오에서 당신에 대해 듣고 즉시 세계 다른 지역에서 자신의 비행기로 와서 당신에게 완전히 정직한 거래를 제안하지만 당신은 인류에 대해, 미래 세

대에 대해 생각해요! 나는 당신이 순진하고 늘 순진하
게 남을 것이라는 것을 항상 알고 있었어요!

요하노: (구걸하며) 여보...

마리아: (울면서) 오, 난 항상 가난하고 불행했어...

(마리아가 운다. 요하노가 그녀를 껴안고 달래려 한다.)

요하노: 마리아, 울지마! 아랍인이 다시 올 것이야. 생각 해
봐. 아마도 다른 사람이 그보다 더 많은 돈을 우리에게
제안할 거야.

마리아: 왜 더요? 당신이 팔마 데 마요르카에 살고, 비행기,
요트, 자동차를 갖는 것만으로는 충분하지 않나요? 사
람에게 더 필요한 것이 무엇인가요?

요하노: 알았어, 알았어. 하지만 조금 생각해 보자. 결국 우
리는 즉시 동의할 수 없어!

마리아: 네, 하지만 우리는 우리 자신과 인류뿐만 아니라
미래의 아이에 대해서도 생각해야 해요. 우리가 가난하
다면 우리 아이들은 부유하고 행복하게 해주세요! 여보,
나는 두 자녀를 갖고 싶어요. 우리는 아이 이름을 무엇
이라고 부를까요? 에스페로와 에스페리나의 삶이 아주
행복하기를 바라며 제안해요, 그렇죠?

요하노: 그래! 그들은 세상에서 가장 행복한 아이들이 될 거
야!

마리아: 내 사랑, 나는 당신을 무한히 사랑해요!

(마리아가 요하노에게 키스하기 시작하는데 갑자기 날카로
운 벨소리가 들린다.)

마리아: 누구죠?

요하노: 모르겠어.

마리아: 오, 더 이상 평화는 없네요.

요하노: (혼자서) 아마 아랍인과 동의하고 즉시 팔마 데 마
요르카에 정착했어야 했을 거야.

마리아: 문을 더 빨리 여세요. 아마도 다른 기업가가 와서
더 나은 거래를 제안할 거예요.

(요하노가 나가고 잠시 후 아름다운 젊은 여성이 그와 함께
방으로 들어온다. 마리아와 요하노는 놀라서 그녀를 바라본
다.)

헬라: (자신 있게) 부인, 안녕하세요.

마리아: 안녕하세요.

헬라: 어때요, 요하노?

요하노: 하지만 아가씨, 죄송하지만 누구신가요?

헬라: 정말요?

요하노: 분명히 당신은 어떤 석유 회사를 대표합니까?

헬라: 요하노, 당신은 유머 감각을 전혀 잃지 않았네요. 회
사? 당신은 그것을 어디서 생각해 냈나요? 나는 나 자
신만을 대변해요.

요하노: 하지만 처음 뵙네요.

헬라: 그렇게 짐작했어요. 당신이 위대한 발명가가 된 이후
로 라디오와 신문은 당신에 대해서만 보도하기 때문에
당신은 정말로 더 이상 나를 알지 못해요. 그렇지요?

요하노: 그래요, 난 당신을 본 적이 없어요.

헬라: 요하노, 너무 웃기려고 하지 마세요. 나는 위대한 과
학자들이 종종 웃기다는 것을 알아요. 그러나 당신은
약간 과장하고 있어요.

요하노: 이름조차도 나는 몰라요.

헬라: 상관없어요. 곧 당신은 그것을 기억할 거예요. 당신의
　　　이름을 내가 아는 것이 더 중요해요.
마리아: (화가 나서) 요하노, 난 아무것도 이해가 안 돼요!
요하노: 나도.
헬라: 모든 것이 매우 명확해요. 오늘 우연히 라디오에서
　　　당신이 훌륭한 발명품을 만들었다는 소식을 들었어요.
　　　당신이 물로 휘발유를 만든 것인지 아니면 휘발유에서
　　　물을 만든 것인지 이해하지 못했지만 그것은 중요하지
　　　않아요. 당신이 즉시 백만장자가 아니라 억만 장자가
　　　된 것을 알고 당신에게 인사하러 왔어요.
마리아: (협박하며) 요하노, 이 부인은 누구며 그녀가 여기
　　　서 찾는 것은 무엇인가요?
요하노: 잘 모르겠어.
헬라: (마리아에게) 우선 저는 부인이 아니라 아가씨이고,
　　　둘째, 그가 잘 모르겠다는 것을 믿지 마세요.
마리아: 정말?
헬라: 네, 왜냐하면 당신이 그의 생전에 나타나기 전에 그
　　　는 나에게 영원한 사랑을 맹세했기 때문이에요.
요하노: 근데 무슨 소리야!
헬라: 요하노, 하늘에서 떨어진 척 하지 마세요. 아니면 우
　　　리 고향 브리조에서 어떻게 만났는지 상기시켜 줘야 할
　　　까요?
요하노: 하지만 저는 산크타 아우구스티노에서 태어났어요.
헬라: 상관없어요. 매일 저녁 우리는 브리조의 바다 정원에
　　　서 만났고 결혼식 후에 우리는 전 세계를 여행하겠다고
　　　여러 번 약속했어요.

요하노: 하지만 난 브리조에 가본 적이 없어!

헬라: 그럼 우리 딸은 어디서 태어났을까요?

마리아: (놀라며) 딸!

헬라: 예, 부인, 저와 요하노의 딸이 정확히 3년 전에 브리조에서 태어났어요.

마리아: 그건 불가능해요. 요하노와 나는 5년 전에 결혼했고 우리는 브리조에 가본 적이 없어요!

헬라: 아마 한 번도 가본 적이 없으시겠지만, 요하노는 매년 여름 브리조에 와서 자신이 독신이라고 거짓말을 했어요.

마리아: 거짓말을 하고 있네요! 요하노는 여름이 무엇인지, 겨울이 무엇인지 몰라요.

아침부터 저녁까지 이 방에서 발명만 하고 아이를 가질 시간조차 없어요.

헬라: 당신에게는 그렇지 않을 수도 있지만, 나에게는 가능해요. 그리고 이제 그와 내 딸은 이미 세 살이예요.

요하노: 어떻게 감히!

헬라: 두려워하지 마세요. 나는 우리 딸을 잘 돌봐요. 하지만 당신은 이해해요. 그녀는 이미 아버지가 누구인지 알고 싶어해요.

요하노: (분노) 그녀 아버지가 누군가요?

헬라: 네. 그녀의 아버지가 가장 뛰어난 발명가 중 한 명이라는 사실을 알게 된 그녀의 행복을 상상해 보세요.

요하노: 여기서 나가요!

헬라: 오, 무례하게 굴지 마세요. 무슨 일이 일어날지 모르니까요.

마리아: 부인, 당장 집에서 나가지 않으면 경찰에 신고하겠
  어요!

헬라: 저는 지금 당신이 승리의 정점에 있고 곧 수백만 달
  러를 갖게 될 때 약간의 공개 스캔들에 연루되고 싶어
  한다는 것을 믿지 않아요!

요하노: 어떻게?

헬라: 언제나처럼, 지금처럼 겸손하고 솔직하겠어요. 나는
  아무것도 원하지 않아요. 당신은 우리 딸의 생명을 보
  호해요.

요하노: 하지만 본 적도 없고 이름조차도 몰라요!

헬라: 그녀는 매우 다정해요. 곧 우리 둘 다 당신을 방문할
  게요.

요하노: 맙소사! 왜요?

헬라: 왜요? 당신은 3년 동안 그녀에게 관심이 없었고, 이제
  당신은 세계에서 가장 부자가 되었으니 그녀를 위해 뭔
  가를 해야 해요!

요하노: 정말?

헬라: 물론이죠! 오늘부터 매달 당신은 그녀에게 천 달러를
  보내야 해요!

요하노: 브리조에?

헬라: 당연하죠! 우리는 브리조에 살고 있어요. 매년 여름
  당신은 그녀를 3개월 동안 런던으로 보내야죠!

요하노: 런던으로?

헬라: 네! 비행기로!

요하노: 비행기로?

헬라: 물론이죠! 비용이 들지 않아요. 실제로 비행기는 당신

의 물로 날 거예요. 아이가 16살이 될 때까지 나는 함
께 런던에 있을 거예요.

마리아: 왜 런던에?

헬라: 그녀는 영어를 배워야 해요! 그리고 16세가 되면 당신
은 그녀를 샌프란시스코로 보내 대학에서 공부하게 해
야죠.

요하노: 왜 샌프란시스코에?

헬라: 백만장자의 아이들이 공부하는 곳이니까요!

요하노: 맙소사. 나는 당신 딸의 주소와 당신이 어떻게 모
든 것을 생각해 냈는지조차 몰라요.

헬라: 걱정마세요! 내일 변호사를 보내 절차를 준비할게요.

마리아: 나가요! 여기서 나가!

헬라: 부인, 진정하세요. 질투하는 건 알지만 화내지는 마세
요. 당신의 남편은 위대하고 부드럽고 사랑스럽고... 현
명한 사람이예요.

마리아: 나가요! 창녀!

헬라: (요하노에게) 요하노, 난 항상 당신이 세상에서 가장
유명한 사람이 될 줄 알았어요. 저를 믿으세요. 저는
항상 당신을 사랑하고 존경했어요. 날 믿어요, 사랑해
요, 여보.

(헬라는 요하노에게 다가가 키스를 시도하지만 요히노는 그
녀를 피한다.)

마리아: (비명) 아니!

헬라: 요하노, 별이 총총한 8월의 저녁, 부드럽게 부서지는
파도, 내 따뜻한 가슴을 기억하나요? 오, 내 심장이 얼
마나 불안하게 뛰는지! 나는 "사랑해, 사랑해!" 하는 당

신의 속삭임을 결코 잊지 않을 거예요.

요하노: 내가 꿈을 꾸는 건가요?

헬라: 아니, 여보. 그랬어요. 얼마나 놀랄만 하고 잊을 수없
    는 꿈이었나요. 원하는 경우 모든 것을 다시 반복할 수
    있어요. 즐거운 경험이 우리를 기다려요! 보나코, 라스
    베가스, 몬트리올이 우리를 기다리고 있어요...

마리아: 나가요! 창녀! 나가!

(마리아는 헬라를 잡고 문 쪽으로 밀기 시작한다.)

헬라: (요하노에게) 안녕히 계세요, 여보. 내일 변호사와 함
    께 볼게요.

(마리아는 가까스로 헬라를 몰아내고 방으로 돌아온다.)

마리아: 그래서! 이 나쁜 놈, 거짓말쟁이! 무능한 놈! 나는
    열심히 일하고, 요리하고, 청소하고, 당신은 젊은 창녀
    와 함께 바다를 걸어요!

요하노: 하지만 마리아, 당신은 내가 바다에 가본 적이 없
    다는 것을 잘 알고 있잖아. 나는 바다가 어떻게 생겼는
    지조차 몰라.

마리아: 네, 당신은 속삭이는 사랑의 고백과 세 살짜리 딸
    이 있을 뿐이죠. 당신은 악당! 아니요! 더 이상 당신을
    보고 싶지 않아요!

요하노: 하지만, 마리아...

마리아: 아니! 나는 곧 이혼 할거야!

요하노: 하지만 날 믿어! 나는 이 여자를 본 적이 없고 이름
    조차도 몰라.

마리아: 그리고 그녀는 당신의 이름을 어떻게 압니까?

요하노: 그래, 라디오에서 들었다고 하더군.

마리아: 아니! 나는 믿지 않아요! 나는 떠날거야! 나는 당신을 영원히 떠날거야!

요하노: 하지만 마리아, 부탁이야. 결국 우리는 팔마 데 마요르카에 함께 가기로 했어...

마리아: 이 창녀와 함께 가서 더 이상 나를 찾지 말아요!

요하노: 우리는 정말 함께 세계를 여행하고 싶었고, 아이를 갖고 싶었어... 그래서 밤낮으로 일했어...

(마리아가 울기 시작한다.)

마리아: 맹세해요, 맹세컨데 당신은 브리조에 가본 적이 없다고, 이 젊은... 젊은 아가씨를 본 적이 없다고

요하노; 맹세해! 나는 그녀를 전에 본 적이 없다고 내 발명품으로 맹세해!

마리아: 요하노, 당신은 세상에서 제일 좋은 사람이에요.

요하노: 마리아, 난 행복해. 내 인생에서 가장 크고 숭고한 목표를 달성했어. 물에서 휘발유를 만들었고 당신은 항상 나와 함께했어. 당신은 나를 믿었어!

마리아: 여보, 진정해요! 오늘이 당신에게 가장 행복하고 빛나는 날이라는 것을 알지만 건강에 유의해야 해요. 앞으로 해야 할 일이 많아요.

요하노: 그래, 인류는 내게 새로운 발명품을 기대해. 나는 인류의 진보를 추진할 운명을 가졌어!

마리아: 그리고 나는 당신에게 기대해요... 맞춰보세요!

요하노: 더 멋진 발명품!

마리아: 아니! 작고 아름다운 아기 하나만, 잊으셨나요? 이미 늦었어요. 모두 자고 있어요. 우리도 잠을 자야 해요. 침묵, 어둠, 고요가 있을 때 창조하는 것이 가장 좋

아요.

(마리아가 요하노를 껴안고 그에게 키스하기 시작한다. 무대 위의 불이 점차 꺼진다. 갑자기 신비롭게 문 삐걱거리는 소리와 부드럽고 세심한 발소리가 들린다.)

마리아: (속삭이며) 요하노, 누군가 방으로 들어와요.

요하노: (속삭이며) 그래.

마리아: (속삭이며) 분명히 탁자에 가까워지고 있어요...

요하노: (속삭이며) 응.

마리아: (속삭이며) 탁자 위에서 뭔가를 찾고 있어요...

요하노: 아마도...

(갑자기 레토르트가 탁자에서 떨어져 바닥에 산산이 부서진다. 요하노와 마리아가 소파에서 뛰어내린다. 도둑도 같은 두려움에 탁자에서 뛰어내린다.)

요하노: 멈춰! 누구야!

(요하노가 전등을 켠다. 무대가 켜진다. 도둑이 요하노와 마리아에게 권총을 겨누고 있다.)

도둑: 손 들어! 움직이지 마!

요하노와 마리아: (손을 든다) 살려주세요! 살려...

도둑: 한마디만 하면 다른 세계로 갈 수 있어!

요하노: 하지만, 하지만, 무-무-무엇을 원하십니까?

마리아: 맙소사, 우리는 아무것도 없어요. 동전도 없는데...

도둑: 닥쳐!

요하노: 여기, 아무것도 없어요...

도둑: 바로 쏠 거야!

(도둑은 탁자 위, 탁자 아래, 책장 서랍에서 무언가를 찾는다.)

도둑: (요하노에게) 그것들이 어디에 있는지 말해?

요하노: 아직 달러가 없어요. 여기에는 이 황금 담배 케이스만 있습니다. 하지만 내 것이 아닙니다. 줬는데.. 담배 안피는데..

(도둑이 담뱃갑을 들어 방구석에 던진다.)

도둑: 그것들이 어디 있는지 말해?

요하노: 무-무-무엇?

도둑: 발명의 공식!

요하노: 휘발유에 대해?

도둑: 오늘 라디오에서 얘기한 물과 휘발유에 대해!

요하노: 아니! 아니요! 나는 그것들을 주지 않을 겁니다!

(도둑이 마리아를 붙잡고 그녀의 관자놀이에 권총을 겨누고 있다.)

도둑: 주지 않으면 내가 그녀를 쏠 거야!

요하노: (소리치며) 안돼! 아니요! 절대!

도둑: 좋아! 셋까지 셀 게!

마리아: (울음) 요하노, 부탁할게요! 살려주세요! 결국 우리는 함께 세계를 여행하고 아이 갖는 꿈을 꾸었잖아요.

도둑: (마리아에게) 닥쳐! 하나!

요하노: 아니! 이 발명품은 내 삶의 의미이자 내용입니다!

마리아: (울음) 여보, 그에게 공식을 알려줘요. 나는 더 이상 세계를 여행하고 싶지도 않고 비행기도 갖고 싶지도 않고 팔마 데 마요르카에 살고 싶지도 않아요...

도둑: 말하지 마! 둘!

(이때 아랍인이 손에 권총을 들고 방 한구석에서 나타난다.)

아랍: (도둑에게) 손들어! 내가 쏠 거야!

(도둑이 권총을 꺼내 바닥에 떨어뜨린다. 아랍인이 재빨리 권총을 집어든다.)

아랍인: (웃음) 히, 하, 하. 나는 내 친구에게 불쾌한 일이 있다는 것을 알고 그와 그의 아름다운 여인을 돕기 위해 여기 숨어 있습니다. 하, 하, 하.

마리아: 하산 아메드 씨… 정말 감사합니다. 제 목숨을 구해 주셨어요…

요하노: 선생님, 대단히 감사합니다.

아랍인: 나는 내 친구들을 사랑합니다.

(이때 기자가 마이크를 손에 들고 방에 들어와 말하기 시작한다.)

기자: 사랑하는 라디오 청취자 여러분, 라디오 방송국 "언제나 사건 현장에 먼저" 가 말하고 있습니다. 우리는 오늘밤 천재 발명가 요하노 클레르의 아파트에서 무슨 일이 일어날 것으로 예상하고 몰래 이곳에 머물면서 아주 작은 사건이라도 알려드리려고...

(아랍인은 도둑에게서 멀어져 기자에게 가서 그의 손에서 마이크를 잡으려고 한다.)

아랍인: 안돼! 아니요! 라디오는 안돼!

(아랍인과 기자가 서로 밀치는 동안 도둑은 도망친다.)

기자: 친애하는 라디오 청취자 여러분, 몇 분 전에 그들은 세기의 발명품을 훔치려 했지만 도둑은 클레르 가족의 친구인 고귀한 백만장자 아메드 살리 하산 벤 무스타파 세리프에게 잡혔습니다. 아메드 씨, 도둑이 친구 집에 들어오는 것을 보았을 때 기분이 어땠나요?

아랍인: 친구를 도와야 한다는 의무감을 느낍니다.

기자: 클레르 씨는 어떤 느낌이 들었습니까?

요하노: 나와 내 아내가 죽더라도 내 발명품을 반드시 구해야 한다고 느꼈습니다!

기자: 그리고 당신, 클레르 부인?

마리아: (화가 나서) 더 이상 이 지옥에서 살 수 없을 것 같아요! 난 부자가 되고 싶지 않아요! 부자가 되고 싶지 않아요. 비행기, 요트, 자동차를 갖고 싶지도 않고 팔마 데 마요르카에 살고 싶지도 않아요! 모든 것을 파괴할 거예요! 발명품, 공식을 불태울 거예요! 물이 필요 없어요! 휘발유가 필요하지 않아요! 그것은 삶이 아니라 지옥, 지옥이에요!

(마리아는 책장에서 발명의 공식이 적힌 공책을 꺼내 찢어 버리기 시작한다. 요하노와 아랍인이 그녀를 막으려 한다.)

마리아: (요하노와 아랍인에게) 날 떠나요! 여기서 나가요!

기자: 사랑하는 라디오 청취자 여러분! 이 역사적인 순간에 클레르 부인은 공식을 찢고 레토르트와 시험관을 부수었습니다. 찬란한 발명, 세기의 발명이 영원히 사라집니다! 안타깝게도! 모든 인류에게 매우 불행한 일입니다! 다니엘로 다니엘리가 사건 현장에서 알렸습니다. 이상입니다.

(마리아가 레토르트와 시험관을 부순다. 갑자기 천둥소리가 들리고 무대가 어둠에 잠긴다.)

끝

소피아, 1992년 5월 21일

EŬROPA FIRMAO

ROLANTOJ:
Sinjorino Klaĉ
Sinjorino Klam

La scenejo prezentas modernan luksan kafejon.
Videblas kelkaj kaftabloj kaj ĉe unu el ili sidas
sinjorinoj Klaĉ kaj Klam. Aŭdeblas viena valco,
kiu iom post iom silentiĝas.

Klam: Kiel belas ĉi kafejo! Kiel oni nomas ĝin?
Klaĉ: Kafejo "Vieno".
Klam: Bela, bela! Bone, ke vi telefonis al mi.
Klaĉ: Ni same estas homoj, ĉu ne? Ni same
  havas bezonon foje-foje viziti la plej luksan
  kafejon, trinki tason da kafo kaj iom babili,
  ĉu ne?
Klam: Jes, jes...
Klaĉ: Estas virinoj, kiuj ĉiutage vizitas kafejojn,
  koncertojn, promenadas... kaj ni...
Klam: Ni nur laboras, laboras...
Klaĉ: Mi decidis! Punkto - fino! Mi ne plu
  zorgos pri la familio, mi ne kuiros, ne
  purigos, ne lavos... Mi vivos mian vivon!
Klam: Jes, jes, ni ankoraŭ junas kaj ni devas

vivi nian vivon!

Klaĉ: Mi ne plu pensos pri filino, bofilo, nepoj! Sufiĉas! De nun mi pensos nur pri mi mem!

Klam: Mi same! Sesdek jarojn mi vivas kaj mi eĉ ne komprenis, ke mi vivas!

Klaĉ: (post eta paŭzo tre serioze kaj tre konfidence) Jes, tial mi invitis vin! Nun estas la momento, por diri kial mi invitis vin ĉi tie!

Klam: (time) Kio okazis?

Klaĉ: Mi pensis, pripensis, trapensis, tutan monaton. Tutan monaton mi ne dormis kaj mi decidis! Ĉion mi diros al mia boparencino - al vi! Nur vi komprenos min!

Klam: Kompreneble! Se mi ne komprenus vin - kiu alia!

Klaĉ: Mi fidas al vi. Vi bonkoras, karas, ni estas parencinoj kaj post la forpaso de mia edzo, Dio absolvu lin, al neniu alia mi povas fidi!

Klam: Kaj mi. Mi plej estimas vin! Post la forpaso de mia edzo kun neniu eĉ vorton mi povas interŝanĝi. Nur kun vi. Tial ni devas estimi unu la alian. Ja ni estas parencinoj!

Klaĉ: Sed promesu! Al neniu vi mencios tion,

kion nun mi diros al vi!

Klam: Mi silentos kiel tombo. Vi scias, kion vi diras al mi – mi tuj forgesas ĝin!

Klaĉ: Tio, kion nun vi aŭdos, por ni ambaŭ ege gravas! Gra-vas!

Klam: Ĉu!

Klaĉ: Mi pensis, pripensis, trapensis kaj decidis!

Klam: Kion?

Klaĉ: (konfidence) Atentu! Iu povus aŭdi! (flustre) Ni ambaŭ fondos firmaon!

Klam: (mire) Kian firmaon?

Klaĉ: Eŭropan firmaon!

Klam: Eŭropan...

Klaĉ: Jes. Nun estas la momento. Se ni deziras esti bonaj patrinoj kaj vere zorgi pri niaj infanoj, ni devas tuj fondi firmaon!

Klam: Ĉu?

Klaĉ: Jes! La homoj ĉirkaŭ ni posedas grandegajn apartamentojn, aŭtojn, jaktojn, vilaojn, rezidejojn, kaj mi kaj vi – faris nenion!

Klam: Kiel nenion?

Klaĉ: Kion? Vi persone, kiom da aŭtoj vi aĉetis por via filo?

Klam: Kiom? Ĉu unu ne sufiĉas al li?

Klaĉ: Eĉ unu vi ne aĉetis!

Klam: Ja li laboras, li aĉetu por si mem...

Klaĉ: Kompreneble li laboras, laboras, eĉ laboregas, tamen nun gravas la iniciato!

Klam: Kia ina kato?

Klaĉ: I-ni-ci-ato! Jen niaj najbaroj Ruz jam havas privatan restoracion kaj nur post jaro ili havos ne unu, sed tri aŭtomobilojn!

Klam: Kiuj Ruz?

Klaĉ: Ne gravas kiuj. Gravas, ke ili havos tri aŭtomobilojn! Kaj ni, ĉu ni estas pli stultaj ol ili? Se ili faris restoracion - ni devas fari hotelon. Se ili faros hotelon - ni faros restadejon!

Klam: Ĉu ni?

Klaĉ: Kompreneble!

Klam: Kian restadejon?

Klaĉ: Maran, eŭropan, eĉ internacian, sed unue ni faros firmaon!

Klam: Ĉu eŭropan?

Klaĉ: Jes! Eŭropan!

Klam: Ĉu ni povos?

Klaĉ: Kial ne! Stultaj kaj malstultaj faris firmaojn, kaj ni! Nun estas la momento! Ja ni ni nur zorgas pri la familioj, kuiras, purigas, lavas, sed tiel ni tute ne helpas al niaj infanoj. Ili bezonas dolarojn kaj nur mi

kun vi povos certigi al niaj infanoj
dolarojn!

Klam: (time) Ne, ne, mi ne povas esti
spekulantino!

Klaĉ: Ne temas pri spekulo. Honeste ni certigos
la dolarojn. Mi pensis, pripensis, trapensis
ĉion ĝis la plej etaj detaloj.

Klam: Ĉu vere?

Klaĉ: Se ni agos – ni agos! Tial mi komencis
lerni anglan!

Klam: Anglan?

Klaĉ: Kompreneble! Sen angla – ni estos
perditaj! Firmao sen angla lingvo ne eblas!

Klam: (iom senrevita) Ĉu mi same devas lerni
anglan?

Klaĉ: He, poste vi povus ellerni kelkajn
vortojn...

Klam: Kaj kie vi komencis lerni anglan?

Klaĉ: En kurso por negocistoj...

Klam: Tamen, ĉu vi ne estas iom aĝa?

Klaĉ: Ĉu mi?

Klam: Vi...

Klaĉ: Vi ŝercas, sed la instruisto ne opinias tiel,
ĉar dum la unua studhoro li demandis min:
"Sinjorino, kion vi laboras?" Do opiniis, ke
mi okupas gravan postenon, tamen mi

respondis: "Mi ne laboras, mi negocas!"
"Kiacele vi deziras lerni anglan?" –
demandis li. "Senprofitcele!" – respondis mi.
Li eksilentis kiel fiŝo kaj poste duonhoron
rigardis min per okuloj, grandaj kiel teleroj.

Klam: Ĉu la instruisto?

Klaĉ: Kompreneble! Ĉu mi stultas diri al li, ke
mi deziras lerni anglan por fondi firmaon.

Klam: Sed kiel ni faros ĉi firmaon?

Klaĉ: Vi nur diru, ĉu vi konsentas?

Klam: (hezite) Mi konsentas, sed... sed por mi
ne tre klaras kia estos ĉi firmao?

Klaĉ: (aplombe) Mi pripensis, trapensis ĉion! Mi
esploris ĉion detale de la komenco ĝis la
fino kaj kiam la vetero iĝos pli varma, vi
ekveturos al Sarkvalo.

Klam: (konsternite) Ĉu al Sarkvalo?

Klaĉ: Jes!

Klam: Kial?

Klaĉ: Por komenci tuj fosi vian ĝardenon tie kaj
planti tomatojn, kukumojn, paprikojn...

Klam: (mirege) Ĉu mi?

Klaĉ: Kiu alia? Ja la ĝardeno kaj la domo tie
estas viaj!

Klam: Ne! Mi ne konsentas! Antaŭ kvardek jaroj
mi venis loĝi en la ĉefurbo kaj nun mi tute

ne deziras reveni en Sarkvalon.

Klaĉ: Ne rapidu, aŭskultu min. Vi iros en Sarkvalon. Ja ĝi proksimas, estas nur je cent kilometroj de la ĉefurbo kaj mi bedaŭrinde devas elekti la pli longan kaj pli malfacilan vojon. Mi ekveturos al Eŭropo, por ke mi ligu kontraktojn por eksporto de tomatoj, kukumoj, paprikoj...

Klam: Kial vi ne ekveturos al Sarkvalo kaj mi al Eŭropo?

Klaĉ: Sed vi ne parolas angle kaj vi ne povos ligi kontraktojn! Pensu logike! Mi ekveturos al Eŭropo kaj mi komencos la intertraktojn. Mi ne neas! Estos malfacile! Ege malfacile! Tamen la homoj tie ne estas naivaj. Kiam ili vidos kiajn bonajn tomatojn kaj kukumojn vi produktas, kaj kiam ili konstatos, ke similajn ili ne manĝis dum sia tuta vivo, ili tuj komencos fari la mendojn!

Klam: Kion ili faros? Ĉu lamentojn?

Klaĉ: Ne! Mendojn, mendojn! Ja tio ne estos ordinaraj tomatoj kaj kukumoj, sed naturaj, sen nitrato!

Klam: Kompreneble! Ni ne mensogos la eŭropanojn!

Klaĉ: Kiam ni perlaboros iom da dolaroj, ni

faros internacian bazaron. La fremdlandanoj amase venos aĉeti niajn legomojn kaj dume ili ripozos en Sarkvalo.

Klam: Kie ni faros la internacian bazaron?

Klaĉ: Kie, kie? En Sarkvalo, kompreneble! La tuta vilaĝo estos dankema al ni. La gloro de Sarkvalo kaj de la sarkvalaj tomatoj disvastiĝos en la tuta mondo!

Klam: Ĉu vere?

Klaĉ: La sarkvalanoj jubilos! Ni konstruos por ili belegajn domojn kun naĝejoj, japanaj ĝardenoj, eĉ flughavenon ni faros tie!

Klam: Ĉu vere?

Klaĉ: Kredu min. Kiam mi komencas iun internacian agadon, mi neniam fuŝas ĝin, kiel iuj niaj konataj ministroj. Mi gvidas ĝin al glora fino, al eŭropa, eĉ al transeŭropa nivelo!

Klam: Mi sciis, ke vi estas sperta virino, sed pri tio mi ne pensis.

Klaĉ: Kaj se mi dirus al vi kion ankoraŭ mi planas - vi svenos. Mi kalkulis ĉion, kiel komputilo! jen, ĉiam kaj ĉie ĉe mi estas mia persona komputilo.

(Ŝi elprenas el sia sako personan komputilon kaj komencas ion kalkuli.)

Do la duan jaron ni aĉetos maŝinojn: traktorojn, semilojn kaj tiel plu. Vi naskiĝis en vilaĝo kaj pli bone ol mi vi scias kiajn maŝinojn ni bezonas. Ni likvidos la manlaboron!

Klam: Ĉu planlaboron?

Klaĉ: Ne! Manlaboron! Ni likvidos ĝin! Kaj vi ne penos mane semi kaj fosi.

Klam: Sed... Ĉu mi stiros la traktoron?

Klaĉ: Kial vi? Via filo stiros ĝin.

Klam: Ho-o, li ne konsentos reveni en Sarkvalon.

Klaĉ: Kial li ne konsentos?! Havi dolarojn li konsentos! Ŝofori "Mercedeson" - li konsentos, sed stiri traktoron - ne! Ĉu! (minace) Li konsentos! Tuj li konsentos!

Klam: Sed mia filo ne tre lertas pri aŭtomobiloj, traktoroj... Via filino eble pli bone stiros la traktoron - ja ŝi lerte ŝoforas.

Klaĉ: Jes, mi bone scias, ke via filo pri nenio taŭgas, sed mi kulpas. Ja mi konsentis, ke li iĝu mia bofilo. Al mia filino tamen neniam-mi permesos sidi en traktoro. Si estas tenera, delikata kaj se ŝiaj renoj difektiĝos, kiu zorgos pri ŝiaj infanoj? Ĉu via filo - kiu eĉ ovojn ne povas kuiri!

Klam: (kolere) Ne parolu tiel pri mia filo, ĉar la samon mi povus diri pri via filino.

Klaĉ: Diru! Kial vi ne diras?

Klam: Unue mi diros, ke pri la fondo de firmao mi ne konsentas! Mi ne konsentas iri en Sarkvalon kaj vi en Eŭropon! Mi ne emas fosi per fosilo aŭ traktoro kaj dume vi kafumos kaj promenos en la eŭropaj ĉefurboj.

Klaĉ: Ĉu vi opinias, ke por mi facilos en Eŭropo? Ja en la eŭropaj ĉefurboj tumultas trafiko, bruo, aĉa aero kaj en Sarkvalo regas silento, trankvilo, poezio.... Lastatempe vi iom palas kaj nepre vi bezonas silenton, trankvilon, puran aeron... Vi devas zorgi pri via sanstato. Klam: Ĉu trankvilo, ĉu poezio – mi ne kon-sen-tas!

Klaĉ: Komprenu, ke tre gravas la eduko. Kiam vi paŝtis la ŝafojn en Sarkvalo, mi lernis en la gimnazio kaj mia edzo, Dio absolvu lin, ne estis pordisto kiel via, sed estro!

Klam: Estro de vestejo!

Klaĉ: De vestejo, sed estro! Tamen oni enviis nin. Ja ni havas loĝejon en la ĉefurbo kaj via filo preskaŭ senvesta venis de Sarkvalo kaj ekloĝis en nia loĝejo.

Klam: Sed mia filo estas inĝeniero kaj via filino ne finis eĉ gimnazion.

Klaĉ: Ne gravas kiu kion finis. Nun la firmaoj gravas kaj ni nepre devas fondi ĉi firmaon, por ke la nepoj nin benu! Ni faros paradizon en Sarkvalo. Vi, per via laboremo, kreos miraklojn! Ĉie kaj ĉiam mi kutimas diri: "Mia boparencino estas ora virino. Tutan tagon ŝi laboras, kuiras, purigas... Ŝi estas tiel energia, malgraŭ ke ŝi jam sesdekjaras."

Klam: Kiu estas sesdekjara? Ja mi ankoraŭ ne havas kvindek ok jarojn.

Klaĉ: Ne ofendiĝu, nevole mi eraris. Tamen ĉi-semajne ni nepre devas fondi la firmaon. Mia nevo estas advokato eĉ pli lerta ol la diablo - li aranĝos ĉion kaj se necesas li same iĝos ano de nia firmao.

Klam: Ne! Mi ne konsentas! Nun via nevo iĝos ano de la firmao, morgaŭ liaj kuzoj kaj fin-fine por mia filo ne restos dolaroj.

Klaĉ: Kial? Via filo estas edzo de mia filino kaj mi same pensas pri li.

Klam: Ne! Mi ne konsentas! Mi malsanas kaj nek por firmaoj, nek por farmoj mi taŭgas!

Klaĉ: Ne parolu tiel! Vidu kiel bone vi aspektas!

Vi belas, sanas, junas...

Klam: Jes, jes, mi povus ligi kontraktojn, sed iri en Sarkvalon planti tomatojn, kukumojn – mi jam ne povas!

Klaĉ: Tamen kion vi parolas? Kiel vi ligos kontraktojn, ja vi ne scipovas fremdajn lingvojn...

Klam: Ĉu vi opinias, ke nur vi lernas fremdan lingvon. Mi same lernas!

Klaĉ: Ĉu?!

Klam: Ja vi opinias, ke mi estas malklera kaj mi scipovas nur tomatojn kaj kukumojn planti, sed jam tutan jaron mi frekventas kurson.

Klaĉ: Tamen... kiel eblas. Ni estas parencinoj kaj ĝis nun vi ne diris al mi, ke tutan jaron vi frekventas kurson...

Klam: Al neniu mi diris.

Klaĉ: (tre kare) Ĉu vi same lernas anglan?

Klam: Ne! Vi scias, ke mi ne tre inklinas al la modo. Nun la tuta mondo lernas anglan, mi tamen lernas la lingvon, kiun oni parolas en la tuta mondo.

Klaĉ: Strange! Kiun lingvon?

Klam: Esperanton – kompreneble!

Klaĉ: Ĉu estas tia lingvo?

Klam: Kiel eblas? Vi, bonedukita virino, kiu

finis gimnazion, kaj eĉ vorton vi ne aŭdis pri Esperanto!

Klaĉ: Sed kial vi bezonas Esperanton?

Klam: Kial? Per Esperanto oni traveturis la mondon. Mia najbarino, sinjorino Pilgrim partoprenis en ĉiuj Universalaj Kongresoj: en Pekino, en Brajtono, en Havano...

Klaĉ: Pardonu min kaj ne koleru! Vi agas, sed vi tute ne agas normale.

Klam: (ofendite) Vi ne agas normale! Ja vi maljunas, sed nun vi decidis fondi firmaon.

Klaĉ: Kaj mi fondos ĝin!

Klam: Fondu! Tamen sen mi, ĉar mi jam ricevis invitilon veturi al Kanariaj Insuloj...

Klaĉ: Al Kanariaj Insuloj?

Klam: Jes!

Klaĉ: (ironie) Kaj kiu sendis al vi la invitilon?

Klam: Sinjoro Polanski mem, persone!

Klaĉ: Kiu, kiu, ĉu Goranski?

Klam: Ne. Polanski - milionulo. Jam tri monatojn ni korespondas.

Klaĉ: (konsternite) Vi deziras diri, ke vi korespondas letere, ĉu ne?

Klam: Jes, ni korespondas letere kaj en Esperanto.

Klaĉ: Tamen kiu, kiam konatigis vin kun li?

Klam: Ni interkonatiĝis. Jen, en ĉi ĵurnalo
"Heroldo de Esperanto" estis lia adreso.
Vidu kion li skribas: "Fraŭlo, jam preskaŭ
ne tro juna, deziras korespondi kun matura
virino, edziĝcele, sendepende de kiu lando
ŝi estas. Kondiĉoj: scipovo de Esperanto kaj
neuzo de narkotaĵoj."
Klaĉ: Tamen ĉu vi ne estas iom tro matura?
Klam: (aplombe) Tion nur sinjoro Polanski
prijuĝos!
Klaĉ: Ja, ja li same preskaŭ ne tro junas...
Klam: Jes, sed kiam mi tralegis la anoncon, io
en mi ektremis kiel pasero. Mi preskaŭ ne
svenis kaj iu voĉo lante, mallaŭte ekflustris
al mi: "Stojno, nur vin sinjoro Polanski
havis antaŭvide. Vi estas matura, lernas
Esperanton, ne fumas, ne drinkas kaj pri
narkotaĵoj neniam vi eĉ pensis".
Klaĉ: Ĉu serioze vi parolas?
Klam: Kial mi mensogu vin? Kaj post la tralego
de la anonco tutan tagon mi estis kiel
ebria. Nokte, kiam ĉiuj hejme ekdormis, mi
sidis kaj skribis al sinjoro Polanski longan
leteron. Tiam mi ankoraŭ ne sciis, ke li
estas milionulo. Mi skribis kio mi estas, kie
mi loĝas, eĉ foton mi sendis al li. Ne estis

tempo foti min kaj tial mi sendis iun foton, kiun iam oni faris al mi en mia naska vilaĝo, en Sarkvalo, antaŭ jaroj...

Klaĉ: Ĉu li tuj respondis?

Klam: Tuj! Nur post dek tagoj mi ricevis la respondon, aerpoŝte. Kiam mi vidis la koverton adresitan al mi, mi svenis. Iam en Sarkvalo, kiam mi devis edziniĝi al Veliĉko, mia edzo, Dio absolvu lin, mi ne estis tiel maltrankvila kaj mi ne tremis kiel folio, kiel nun, kiam mi ricevis la unuan leteron de sinjoro Polanski.

Klaĉ: Kaj kion li skribis?

Klam: Unue li skribis, ke li ricevis la leteron kaj la foton, kaj tuj li enamiĝis al mi. Tre plaĉis al li la nacia kostumo, en kiu mi estis vestita, kaj li petas, ke dum la edziĝfesto mi estu en ĉi kostumo. Li skribis, ke li ege ŝatas la belajn eventojn kaj li insistas, ke nia nupto nepre estu en Notre-Dame de Paris.

Klaĉ: Kie, kie?

Klam: En la pariza katedralo Notre-Dame de Paris! Kaj li skirbis, ke mi tute ne devas maltrankviliĝi, ke mi havas grekortodoksan konfeson kaj li katolikan, ĉar iu lia amiko, grava persono en Vatikano, faros al sinjoro Polanski tiun ĉi komplezon kaj oni tuj konvertos min.

Klaĉ: Ĉu vin?

Klam: Jes. Tute ne estas facile konverti iun, tamen sinjoro Polanski ege insistas, ke nia nupto estu en la katedralo kaj mi estu vestita en la nacia kostumo el vilaĝo Sarkvalo.

Klaĉ: Ĉu en tiuj pratempaj vestoj?

Klam: Jes, kiujn iam mi kutime surhavis, kiam mi loĝis en Sarkvaio. Li tamen aldonos al la kostumo nur unu diamantan kolieron, kiu, laŭ li, ne ombros la belecon de la kostumo.

Klaĉ: Ĉu el naturaj diamantoj?

Klam: Kompreneble. Li heredis la kolieron de sia patrino! Kaj poste li skribis, ke li ricevis plurajn leterojn de Belgio, Francio, eĉ de Zairo, sed nur al mia letero li respondis, ĉar en tiu ĉi nacikostumo mi similis al belega kalifornia pomo, ĵus ŝirita de la branĉo.

Klaĉ: Al kia pomo?

Klam: Al kalifornia, ĵus ŝirita de la branĉo! Li tre ŝatas kaliforniajn pomojn kaj li detale skribis pri si mem. Li estas poldevena, tamen li naskiĝis en San Francisco, havis aŭtomobilfabrikon, kiu estis tiel vasta kiel mia tuta naskvilaĝo.

Klaĉ: Ĉu kiel Sarkvalo?

Klam: Jes, kune kun la kamparo ĉirkaŭ ĝi, tamen nun li deziras trankvile kaj libere vivi sur Kanariaj Insuloj.

Klaĉ: Kial sur Kanariaj Insuloj?

Klam: Ĉar tie li havas domon kaj la aero tie ege plaĉas al li. Li eĉ sendis foton de la domo kaj skribis, ke se la domo ne plaĉas al mi, li tuj vendos ĝin kaj aĉetos pli grandan. Jen lia domo sur Kanariaj Insuloj.

(Sinjorino Klam montras foton de la domo.)

Klaĉ: Kial pli granda. Ĉi domo similas al lernejo!

Klam: Kaj mi, kiam mi vidis ĝin, mi eksentis kapturniĝon. Kaj se vi scias en la aliaj leteroj kion li skribas – vi ne kredus! Li nomas min ne Stojna, sed Stani, karese... Aŭskultu, mi tralegos al vi la lastan leteron.

(Sinjorino Klam elprenas el sia sako leteron kaj komencas legi ĝin.)

Kara Stani, Nun mi sendas al vi la veturplanon de nia nupta vojaĝo. Pro la fakto, ke vi naskiĝis en Eŭropo, mi ŝatus proponi al vi vojaĝon tra la oceano al Melbourne aŭ al Rio de Janeiro, laŭ via plaĉo...

Klaĉ: Laŭ via plaĉo?

Klam: Jes! Kiam mi tralegis tion, tutan semajnon mi ne dormis kaj mi estis kiel narkotita. Liaj leteroj vere komencis efiki al mi kiel narkotaĵoj. Ja mi tute ne scias kie troviĝas Melbourne, kie troviĝas Rio de Janeiro, nek mi sonĝis ilin iam...

Klaĉ: Kaj tion sinjoro Polanski mem skribas al vi?

Klam: Kiu alia? Ĉu vi opinias, ke mi skribas tiujn ĉi leterojn al mi mem? Sincere dirite, kiam mi legas ĉi leterojn, mi same ne povas kredi al miaj okuloj kaj ĉiam mi pensas, ho Stojno, Stojno, kia stranga estas via sorto, tutan vivon vi fosis per la fosilo en Sarkvalo kaj nun, kiam vi maljunas, vi nuptovojaĝos al Melbourne aŭ al Rio de Janeiro...

Klaĉ: (edife) Vi ne tre kredu al li, ja li povas esti iu fripono. Ekzistas similaj mondaj friponoj, kaj li kun tiuj liaj leteroj, tre similas al monda fripono.

Klam: Vi ne pravas, vi ne rajtas ofendi lin. Sinjoro Polanski estas honesta homo je estiminda aĝo kaj je tiu ĉi aĝo oni emas nek ŝerci, nek trompi. Li serĉas edzinon kaj tio estas ĉio. Kiam mi rigardas lian foton, li tute, tute ne similas al fripono. Jen lia foto, li fotis sin antaŭ sia aŭtomobilo "Rols-rojso".

(Sinjorino Klam montras la foton al sinjorino Klaĉ.)

Klaĉ: Ŝajnas al mi, ke li jam estas pli ol naŭdekjara.

Klam: He, ne estas ĝentile demandi lin pri la aĝo. Vi bone scias, ke pri tio oni ne demandas, li estas edukita persono kaj li same ne demandis min pri mia aĝo.

Klaĉ: Li tiel etas kaj magras, ke se li enirus la aŭtomobilon, oni ne povus trovi lin en ĝi.

Klam: Li magras, tamen estas milionulo!

Klaĉ: (post eta paŭzo) Do nur tion mi ne atendis de vi. Vi lasos ĉi tie viajn nepojn kaj vi ekveturos al Kanariaj Insuloj! Ĉu vi ne sentos angoron pri ili?

Klam: Ĉu mi? Mi ekveturos nur pro ili, pro la nepoj! Se ni kun sinjoro Polanski edziniĝos, ĉiun monaton mi sendos al la nepoj monon. Mi ne estas avara kiel vi, kiu eĉ etan ĉokoladon ne aĉetas al ili, okaze de iliaj naskiĝtagaj festoj.

Klaĉ: Ĉu vi ne hontas! Ĉu vi forgesis kiom da donacoj mi aĉetis al ili.

Klam: He, he, ne ofendiĝu. Kiam mi iros al Kanariaj Insuloj, mi sendos al vi komputilon por via firmao. Al la bofilino kaj la filo mi sendos "Mercedeson", por ke ili ne devu aĉeti traktorojn kaj fari firmaojn. Je tiu ĉi aĝo, kaj mi pli feliĉe vivos, kaj miaj infanoj kaj nepoj estos dankemaj al mi.

Klaĉ: Mi scias! Mi ĉiam sciis, vi pensas nur pri vi! Vi iros kun tiu Polanski aŭ Goranski kaj mia filino ĉi tie suferos kaj penos kun tiuj ĉi du etaj idoj. Neniu, neniu helpos al ŝi hejme...

Klam: Jes, mi iros kaj mi lasos ilin ĉi tie fari kion ili scias, ĉar via filino ne povas rigardi min hejme. Kion ajn mi faras, al ŝi ne plaĉas! Se mi kuiras - ŝi ne manĝas, se mi lavas la tolaĵojn - ŝi lavas ilin denove, se mi ŝaltas la radion - ŝi malŝaltas ĝin...

Klaĉ: Unue vidu vian filon kaj poste parolu pri mia filino. Vi fanfaronas, ke li estas inĝeniero, sed li ne povas du ovojn kuiri. Li nur atendas, ke oni priservu lin.

Klam. Ne mia filo, sed via filino atendas, ke oni priservu ŝin, ĉar se mi ne estas hejme, tutan semajnon ŝiaj teleroj restos nelavitaj.

Klaĉ: Mia filino ne estas servistino! Ŝi ne edziniĝis por lavi telerojn kaj purigi!

Klam: Ĉu mia filo devas esti ŝia servisto, por ke ŝi tutan tagon sidu antaŭ la spegulo kaj lakŝirmu siajn ungojn. Dum mi vivos – tio ne plu okazos! Bone sciu!

Klaĉ: Mi scias, ke vi ankoraŭ cent jarojn vivos, sed mian filinon vi entombigos! Tutan tagon vi postsekvas ŝin kaj gvatas ŝin. Pro vi, megero, ŝi nervoziĝis kaj baldaŭ ŝi malsaniĝos pro kancero!

Klam: Ĉu mi estas megero? Ĉu mi, kiu konsentis, ke mia filo edziniĝu vian filinon, kiu eĉ gimnazion ne sukcesis fini. Tiom da belaj junulinoj deziris edziniĝi al li, riĉaj honestaj kun supera klereco kaj ŝi...

Klaĉ: Ne vi, mi konsentis, ke ŝi edziniĝu al tiu ĉi kreteno, via filo, kiu eĉ ne scias kie troviĝas la panvendejo. Liaj samaĝuloj iĝis riĉaj, riĉegaj kaj li eĉ aŭtomobilon ne sukcesis aĉeti. Inĝeniero, puf...

Klam: Jes, li estas inĝeniero! Krevu pro kolero!

Klaĉ: Vi kulpas, vi kulpas pri ĉio! Vi! Vi forlasis vian domon en Sarkvalo kaj venis ĉi tien, laŭdire zorgi pri la nepoj, sed fakte por eniri la apartamenton, kiun mi kaj mia edzo, Dio absolvu lin, brikon post briko konstruis. Tial la mono ne sufiĉas kaj tial mia filino devas suferi, devas tiri la familian ĉaron kiel povra bovino.

Klam: Do tial vi deziras fondi firmaon por sendi min en Sarkvalon kaj vi vivu ĉi tie trankvile kun ili en ilia loĝejo.

Klaĉ: Via loko estas nur en Sarkvalo...

Klam: Kaj via loko estas en la frenezulejo, ĉar vi frenezas...

Klaĉ: Ĉu mi frenezas? Vi estas freneza! Jam hodiaŭ mi diros al mia filino, ke ŝi forĵetu viajn ĉifonojn el la domo kaj vi veturu kien vi deziras! Se vi deziras al Kanariaj Insuloj, al Bahamaj Insuloj, eĉ al diablaj insuloj...

Klam: Ho-o-o! Vi eraras! Jam hodiaŭ mi skribos al sinjoro Polanski, ke mi ne edziniĝos al li kaj mi ne forveturos al Kanariaj Insuloj! Mi restos tie, por ke vi krevu pro kolero, maljuna megero, aĉa simio! Mi restos ĉi tie, por ke vi rigardu min kaj krevu!

Klaĉ: For! For! Mi ne deziras plu vidi vin. Mi ne plu konas vin! For!

(Sinjorino Klaĉ forpelas sinjorinon Klam de la scenejo.)

FINO

Sofion, la 28-an de marto 1991

"EŬROPA FIRMAO"

Estis prezentita:
la 27-an de majo 1991 en Sofio en la kulturdomo "Slavjanska Beseda".
- la 22-an de junio 1991 en urbo Stara Zagora, okaze de la Esperanto-festo "Tilia Vespero". -

Rolis: Luna Davidova kaj Ginka Toteva
Reĝisoro: Teo Jurukov

유럽 회사

등장인물
클랏 부인
클람 부인

무대는 현대적인 고급 카페를 보여준다. 몇 개의 커피 탁자를 볼 수 있으며 그 중 하나에는 클랏 부인과 클람 부인이 앉아 있다. 비엔나 왈츠가 들리다가 점차 조용해진다.

클람: 정말로 이 카페가 아름답네요! 카페 이름이 뭐예요?
클랏: 카페 "비엔나" 입니다.
클람: 멋있어요, 정말, 내게 전화해주길 잘했어요.
클랏: 우리도 인간이잖아요? 우리도 가끔씩 가장 고급스러운 카페에 들러 커피 한 잔 마시며 수다를 떨 필요가 있지 않습니까?
클람: 그래, 그래요...
클랏: 매일매일 카페, 콘서트, 산책하는 여자들이 있는데요...
클람: 우린 그냥 일하고, 일하고...
클랏: 결정했습니다! 중요한 점은 끝입니다! 나는 더 이상 가족을 돌보지 않을 겁니다, 요리하지 않을 겁니다, 청소하지 않을 겁니다, 빨래 하지 않을 겁니다... 내 인생을 살 겁니다!
클람: 그래, 그래요, 우리는 아직 젊고 우리의 삶을 살아야 해요!
클랏: 더 이상 내 딸, 사위, 손자에 대해 생각하지 않겠습니

다! 충분 해요! 이제부터 나 혼자만 생각할 겁니다!

클람: 나도! 60년을 살았지만 내가 살아 있다는 사실조차 깨닫지 못했어요!

클랏: (잠시 후 매우 진지하고 매우 은밀하게) 그래, 그래서 세가 사둔을 불렀습니다! 이제 제가 여기에 초대한 이유를 말할 순간입니다!

클람: (무서워하며) 무슨 일인가요?

클랏: 한 달 내내 생각하고, 궁리했습니다. 한 달 동안 잠을 자지 않고 결정했습니다! 나는 사둔에게 모든 것을 말할 겁니다 – 사둔에게! 사둔만이 나를 이해할 것입니다!

클람: 물론이죠! 내가 사둔을 이해하지 못했다면 – 또 누가!

클랏: 나는 사둔을 믿습니다. 사둔은 친절하고 착합니다. 우리는 친척이며 남편이 죽은 후 나는 다른 사람을 믿을 수 없습니다!

클람: 나도. 나는 사둔을 가장 존경해요! 남편이 죽은 후 나는 누구와도 한 마디도 나눌 수 없어요. 오직 사둔만. 그렇기 때문에 우리는 서로를 존중해야 해요. 결국 우리는 친척이잖아요!

클랏: 하지만 약속하십시오! 내가 지금 사둔에게 말할 것을 누구에게도 말하지 않겠다고!

클람: 나는 무덤처럼 침묵할 거예요. 사둔이 나에게 말하는 것을 내가 즉시 잊어 버린다고 잘 알 거예요!

클랏: 사둔이 듣게 될 내용은 우리 모두에게 매우 중요합니다! 중요해요!

클람: 정말요!

클랏: 나는 생각하고, 생각하고, 생각하고 결정했습니다!

클람: 뭐를요?

클랏: (비밀스럽게) 조심해요! 누가 들을 수 있어요!
(속삭이며) 우리 둘이 회사를 차리는 겁니다!

클람: (놀라며) 무슨 회사?

클랏: 유럽 회사!

클람: 유럽...

클랏: 네. 지금이 그 순간입니다. 우리가 좋은 엄마가 되고
싶고 진정으로 우리 아이들을 돌보고 싶다면 지금 회사
를 차려야 합니다!

클람: 정말요?

클랏: 예! 우리 주변 사람들은 거대한 아파트, 자동차, 요트,
빌라, 주택을 소유하고 있으며 사둔과 나는 아무 것도
하지 않았습니다!

클람: 아무것도 아닌데?

클랏: 뭐요? 사둔은 개인적으로 아들을 위해 몇 대의 차를
샀습니까?

클람: 얼마나? 아들에게 하나면 충분하지 않습니까?

클랏: 사둔은 하나도 사지 않았습니다!

클람: 결국 그는 일하고, 스스로 사야 합니다...

클랏: 물론 그는 일하고 일하고 열심히 일하지만 이제는 주
도권이 중요합니다!

클람: 어떤 종류의 암컷 고양이요?

클랏: 주도권이요! 우리 이웃인 루즈는 이미 개인 식당을 가
지고 있으며 1년 안에 그들은 한 대가 아니라 세 대의
자동차를 갖게 될 것입니다!

클람: 어느 루즈?

클랏: 누구인지는 중요하지 않습니다. 그들이 세 대의 자동차를 가지고 있는 것이 중요합니다! 그리고 우리는 그들보다 더 바보입니까? 그들이 식당을 만들었다면 우리는 호텔을 만들어야 합니다. 그들이 호텔을 만든다면 우리는 휴양지를 만듭니다!

클람: 할까요?

클랏: 물론입니다!

클람: 어떤 휴양지요?

클랏: 해양, 유럽, 심지어 국제적이지만 먼저 회사를 만들 것입니다!

클람: 유럽?

클랏: 예! 유럽!

클람: 우리가 할 수 있나요?

클랏: 왜 안돼요! 바보와 현자가 만든 기업, 그리고 우리! 지금이 절호의 기회입니다! 결국 우리는 가족을 돌보고 요리하고 청소하고 빨래하지만 이런 식으로 우리는 아이들을 전혀 돕지 않습니다. 그들은 달러가 필요하고 사돈과 나만이 우리 아이들을 위해 달러를 확보할 수 있을 것입니다!

클람: (무서워하며) 아니, 아니, 난 투기꾼이 될 수 없어요!

클랏: 추측에 관한 것이 아닙니다. 솔직히 우리는 달러를 확보할 것입니다. 나는 가장 작은 세부 사항까지 모든 것을 생각하고 생각하고 생각했습니다.

클람: 정말요?

클랏: 우리가 행동한다면 - 우리는 행동할 것입니다! 그래서 영어를 배우기 시작했습니다!

클람: 영어요?

클랏: 물론입니다! 영어가 없으면 길을 잃을 것입니다! 영어가 없는 회사는 불가능합니다!

클람: (약간 꿈이 없다) 나도 영어를 배워야 하나요?

클랏: 보세요, 나중에 몇 단어를 배울 수 있을 텐데...

클람: 영어는 어디서 배우기 시작했나요?

클랏: 사업가를 위한 과정에서...

클람: 그래도 좀 늦지 않았어요?

클랏: 나?

클람: 사둔...

클랏: 농담이지만 선생님은 그렇게 생각하지 않습니다. 첫 번째 수업에서 그가 "부인, 무슨 일을 하시나요?" 라고 물었기 때문입니다. 그래서 그들은 내가 중요한 위치에 있다고 생각했지만 나는 "일하지 않고 사업합니다!" 라고 대답했습니다. "왜 영어를 배우고 싶나요?" 그는 물었습니다. "비영리!" - 나는 대답했습니다. 그는 물고기처럼 깜박거리다가 접시만큼 큰 눈으로 30분 동안 나를 바라보았습니다.

클람: 선생님이?

클랏: 물론입니다! 회사를 시작하기 위해 영어를 배우고 싶다고 말하는 내가 바보입니까?

클람: 하지만 이 회사를 어떻게 만들까요?

클랏: 사둔이 동의했는지 말해보십시오?

클람: (주저하며) 동의합니다만... 하지만 이 회사가 어떤 모습일지 잘 모르겠어요.

클랏: (당황하게) 생각해 봤습니다, 다 생각해 봤어요! 처음

부터 끝까지 모든 것을 자세히 조사했으며 날씨가 더 따뜻해지면 사둔은 사르크발로 출발할 겁니다.

클람: (충격을 받으며) 사르크발로?

클랏: 예!

클람: 왜요?

클랏: 즉시 정원을 거기에 파기 시작해 토마토, 오이, 고추를 심으려고..

클람: (놀라며) 나?

클랏: 누가 있나요? 결국 거기 정원과 집은 사둔 것입니다!

클람: 아니! 동의하지 않아요! 40년 전에 수도에 살기 위해 왔고 지금은 사르크발로 돌아가고 싶지 않아요.

클랏: 서둘지 말고 내 말을 들으십시오. 사둔은 사르크발로 갈 겁니다. 실제로 거긴 가깝고 수도에서 불과 100km 떨어져 있지만 불행히도 더 길고 어려운 경로를 선택해야 합니다. 나는 토마토, 오이, 고추 등의 수출 계약을 체결하기 위해 유럽에 갈 것입니다.

클람: 왜 사둔이 사르크발에 가지 않고 나는 유럽에 가지 않나요?

클랏: 하지만 사둔은 영어를 할 수 없고 계약서에 서명할 수 없습니다! 논리적으로 생각하십시오! 나는 유럽으로 떠나 협상을 시작할 겁니다. 반대하지 않아요! 힘들 겁니다! 매우 어렵습니다! 그러나 그곳 사람들은 순진하지 않습니다. 그들은 사둔이 생산하는 좋은 토마토와 오이를 보고 평생 그런 음식을 먹어본 적이 없다는 것을 알게 되면 즉시 주문을 시작할 것입니다!

클람: 그들이 무엇을 한다고요? 주사요?

클랏: 아니! 주문, 주문! 결국 그것은 평범한 토마토와 오이가 아니라 질산염이 없는 자연산입니다!

클람: 물론이죠! 우리는 유럽인들에게 거짓말을 하지 않죠

클랏: 우리가 돈을 벌면 국제 바자회를 할 것입니다. 외국인들이 우리 채소를 사러 몰려올 것이고 그 동안 그들은 사르크발에서 쉬게 될 겁니다.

클람: 국제 바자회는 어디서 하나요?

클랏: 어디, 어디요? 물론 사르크발에서! 마을 전체가 우리에게 감사할 겁니다. 사르크발과 사르크발 토마토의 영광이 전 세계에 퍼질 겁니다!

클람: 정말요?

소문: 사르크발 주민들은 기뻐할 겁니다! 수영장, 일본식 정원이 있는 아름다운 집을 짓고 거기에 공항도 만들 겁니다!

클람: 정말요?

클랏: 저를 믿으십시오. 저는 국제 활동을 시작할 때 우리가 아는 어느 장관들처럼 결코 망치지 않습니다. 그것을 영광스러운 끝으로, 유럽으로, 심지어 유럽을 초월한 수준으로 이끌 겁니다!

클람: 사둔이 경험이 많은 여성이라는 것은 알고 있었지만, 그것에 대해 생각하지 않았어요

클랏: 그리고 내가 계획하고 있는 다른 것을 말하면 기절할 겁니다. 컴퓨터처럼 모든 것을 계산했습니다! 여기, 언제 어디서나 내 개인용 컴퓨터가 있습니다.

(가방에서 PC를 꺼내 무언가 계산을 시작한다.)

그래서 두 번째 해에 우리는 트랙터, 파종기 등의 기계

를 구입할 겁니다. 사둔은 마을에서 태어났기에 어떤 종류의 기계가 필요한지 나보다 더 잘 알고 있습니다. 육체 노동을 없앨 겁니다!

클람: 계획 작업이요?

클랏: 아니! 수작업이요! 우리는 그것을 청산할 겁니다! 그리고 사둔은 손으로 씨 뿌리고 땅 파는 것을 하지 않을 겁니다.

클람: 하지만... 트랙터를 운전할까요?

클랏: 왜 사둔이? 아드님이 운전할 겁니다.

클람: 오, 내 아들은 사르크발로 돌아가는 데 동의하지 않을텐데.

클랏: 왜 동의하지 않을까요?! 돈을 번다면 동의할 겁니다! "메르세데스" 운전은 동의하지만 트랙터 운전은 아니요! 뭐! (협박하며) 아드님은 동의할 겁니다! 즉시 동의할 겁니다!

클람: 하지만 내 아들은 자동차나 트랙터를 잘 다루지 못해요... 사둔 딸이 트랙터를 더 잘 운전할 수 있어요. 정말 그아이는 운전을 잘 해요.

클랏: 네, 사둔의 아들이 아무것도 잘하지 못한다는 것을 잘 압니다만, 그것은 제 잘못입니다. 정말 나는 그가 내 사위가 되어야 한다는 데 동의했습니다. 그러나 나는 내 딸이 트랙터에 앉는 것을 결코 허락하지 않을 겁니다. 내 딸은 부드럽고 연약하며 신장이 쇠약해지면 누가 아이들을 돌보겠습니까? 아니면 계란 요리도 못하는 사둔의 아들이!

클람: (화를 내며) 내 아들에 대해 그렇게 말하지 마세요.

사둔 딸에 대해서도 똑같이 말할 수 있으니까요.

클랏: 말해요! 왜 말하지 않습니까?

클람: 먼저 회사 설립에 동의하지 않는다는 점을 말씀드릴 게요! 나는 사르크발에 가고 사둔은 유럽에 가는 것에 동의하지 않아요! 나는 삽이나 트랙터로 땅을 파고 싶지 않고 대신 커피를 마시고 유럽의 수도를 걸을 거요.

클랏: 내가 유럽에서 쉬울 것이라고 생각합니까? 정말, 유럽의 수도에는 교통 체증, 소음, 불쾌한 공기가 많고 사르크발에는 고요함, 평온함, 정감이 넘칩니다. 지난번에 사둔은 조금 창백해져 반드시 고요함, 편안함, 순수한 공기가 필요합니다. 건강에 유의하셔야 합니다.

클람: 평온한지, 정감이 있는지 – 동의하지 않아요!

클랏: 교육이 매우 중요하다는 점을 이해하십시오. 사둔이 사르크발에서 양을 쳤을 때 나는 고등학교에서 공부하고 있었고 우리 남편은 사둔 남편과 같은 짐꾼이 아니라 관리자였습니다!

클람: 분장실의 실장!

클랏: 분장실에서 하지만 사장님이셨죠. 그러나 사람들이 우리를 부러워했습니다. 정말 우리는 수도에 아파트가 있고 사둔 아들은 사르크발에서 거의 알몸으로 와서 우리 이파트에 정착했습니다.

클람: 하지만 제 아들은 기술자고 사둔 딸은 고등학교도 마치지 못했어요.

클랏: 누가 무엇을 끝냈는지는 중요하지 않습니다. 이제 회사가 중요하고 우리는 이 회사를 반드시 설립해야 합니다. 그래야 후손들이 우리를 축복할 겁니다! 우리는 사

르크발에 낙원을 만들 것입니다. 사둔의 노력으로 기적을 만들 겁니다! 언제 어디서나 나는 이렇게 말하곤 합니다. "내 사둔은 황금 같은 여자예요. 온종일 일하고, 요리하고, 청소하고... 벌써 예순이신데도 불구하고 너무 에너지가 넘치세요."

클람: 누가 60세 인가요? 정말 아직 쉰여덟 살도 아닌데.

클랏: 화내지 마세요. 본의 아니게 실수를 저질렀습니다. 하지만 이번 주에 우리는 반드시 회사를 세워야 합니다. 내 조카는 악마보다 더 똑똑한 변호사입니다. 그는 모든 것을 준비하고 필요한 경우 우리 회사의 일원이 될 겁니다.

클람: 아니! 동의하지 않아요! 이제 사둔 조카는 회사의 일원이 될 것이고 내일은 그의 사촌들이 될 것이고 마침내 내 아들에게는 남은 돈이 없을 거예요.

클랏: 왜요? 사둔의 아들은 내 딸의 남편입니다. 나는 그에 대해 똑같이 생각합니다.

클람: 아니! 동의하지 않아요! 나는 아파서 회사나 농장에 적합하지 않아요!

클랏: 그렇게 말하지 마세요! 사둔이 얼마나 좋아 보이는지 보십시오! 예쁘고 건강하고 젊고...

클람: 예, 예, 계약서에 서명할 수는 있지만 토마토, 오이를 심으려고 사르크발에는 갈 수 없어요.

클랏: 근데 무슨 말이세요? 외국어도 모르는데 어떻게 계약을 합니까?

클람: 외국어는 사둔만 배운다고 생각하나요? 나도 배우고 있어요!

클랏: 정말요?!

클람: 사둔은 내가 무식하고 토마토와 오이를 심는 방법밖에 모른다고 생각하겠지만, 나는 1년 내내 강좌에 참석했어요.

클랏: 하지만... 어떻게 그게 가능합니까. 우리는 친척인데 사둔은 지금까지 일년 내내 강좌에 참석했다는 것을 나에게 말하지 않았습니다...

클람: 아무에게도 말하지 않았어요.

클랏: (매우 다정하게) 영어도 배우고 있습니까?

클람: 아니! 내가 유행에 별로 관심이 없다는 걸 알잖아요. 지금은 전 세계가 영어를 배우고 있지만, 나는 전 세계에서 통용되는 언어를 배우고 있어요.

클랏: 이상해요! 어느 언어입니까?

클람: 에스페란토 – 물론이죠.

클랏: 그런 언어가 있습니까?

클람: 어떻게 가능한가요? 사둔은 고등학교를 졸업하고 교육을 잘 받은 여성인데 에스페란토에 대해 한 마디도 들어본 적이 없다는 게!

클랏: 그런데 왜 에스페란토가 필요하십니까?

클람: 왜요? 에스페란토는 세계를 여행하는 데 사용되었어요. 내 이웃인 필그림 여시는 베이징, 브리이튼, 히비니 등 모든 세계 대회에 참석했어요.

클랏: 저를 용서하고 화내지 마십시오! 사둔은 행동하지만 전혀 정상적으로 행동하지 않습니다.

클람: (분노) 사둔이 정상적인 행동을 하고 있지 않아요! 정말 사둔은 나이가 들었지만 이제 회사를 세우기로 결정

했잖아요.

클랏: 그리고 내가 그것을 세울겁니다!

클람: 세우세요! 하지만 나 없이. 이미 카나리아 제도로의 여행 초대를 받았기 때문에...

클랏: 카나리아 제도로?

클람: 네!

클랏: (비꼬듯) 초대장은 누가 보냈습니까?

클람: 개인적으로 폴란스키 씨 자신이요!

클랏: 누구요, 누야, 고란스키?

클람: 아니요. 폴란스키 - 백만장자. 우리는 지금 3개월 동안 서신을 주고받았어요.

클랏: (충격) 편지로 교신한다는 말씀이십니까?

클람: 예, 우리는 편지로 에스페란토로 연락해요.

클랏: 하지만 누가 언제 그에게 사둔을 소개했습니까?

클람: 우리는 서로를 알게 되었어요. 여기, 이 신문 "에스페란토 전령" 에 그의 주소가 있어요. 그가 쓴 것을 보세요 : "거의 젊지 않은 총각은 어느 나라 출신인지에 관계없이 결혼을 위해 성숙한 여성과 연락하기를 원합니다. 조건 : 에스페란토에 대한 지식과 마약 사용하지 않음."

클랏: 근데 너무 나이든 것 아닙니까?

클람: (당황하게) 그건 폴란스키 씨만이 판단하실 거예요!

클랏: 글쎄, 정말 그도 너무 젊지는 않다고..

클람: 네, 하지만 광고를 읽었을 때 내 안의 무언가가 참새처럼 떨리기 시작했어요. 나는 기절할 뻔했고 어떤 목소리가 나에게 천천히 부드럽게 속삭였죠 "스토이노,

폴란스키 씨는 당신만을 염두에 두었습니다. 당신은 성
숙하고, 에스페란토를 배우고, 담배도 피우지 않으며,
술도 마시지 않고 마약은 생각조차 하지 않았습니다.”

클랏: 진지하게 말하십니까?

클람: 내가 왜 사둔에게 거짓말을 해야 하나요? 그리고 공
지사항을 읽고나니 하루종일 술에 취한 듯했어요. 밤에
모든 사람이 집에서 잠들었을 때 나는 앉아서 폴란스키
씨에게 장문의 편지를 썼어요. 그때 나는 그가 백만장
자라는 것을 여전히 몰랐죠. 나는 내가 누구인지, 어디
에 사는지 썼고 심지어 그에게 사진을 보냈어요. 내 사
진을 찍을 시간이 없었기 때문에 몇 년 전 고향 마을인
사르크발에서 찍은 사진을 보냈죠...

클랏: 그가 바로 답장했습니까?

클람: 바로 지금! 10일 후에야 항공 우편으로 답장을 받았어
요. 나에게 온 봉투를 보고 기절했어요. 한때 사르크발
에서 남편인 벨리치코와 결혼해야 했을 때 신이 그를
용서해 주시기를 바라며,. 폴란스키 씨로부터 첫 번째
편지를 받았을 때 지금처럼 그렇게 불안하거나 꽃잎처
럼 떨지 않았어요.

클랏: 그리고 그는 무엇을 썼습니까?

클람: 처음에 편지와 사진을 받고 바로 반해버렸다고 썼어
요. 그는 내가 입은 민족 의상에 매우 만족했고 결혼식
파티에서 내가 이 의상을 입게 해달라고 요청했어요.
그는 아름다운 행사를 정말 좋아한다고 썼고 우리 결혼
식은 노트르담 드 파리에서 해야 한다고 주장했죠.

클랏: 어디, 어디요?

클람: 파리 대성당 노트르담 드 파리에서! 그리고 내가 그리스 정교회 신자이고 그는 카톨릭 신자라는 사실에 대해 전혀 걱정할 필요가 없다고 썼어요. 바티칸의 중요한 인물인 그의 친구가 폴란스키 씨에게 호의를 베풀어 즉시 나를 개종한 것이기 때문이죠.

클랏: 사둔을?

클람: 네. 누군가를 개종시키는 것은 결코 쉬운 일이 아니지만 폴란스키 씨는 우리 결혼식이 대성당에서 있어야 하고 내가 사르크발 마을의 민족 의상을 입어야 한다고 강력히 주장해요.

클랏: 고대 옷을 입고?

클람: 네, 사르크발에 살 때 주로 입던 거요. 그러나 그는 옷에 그에 따르면 옷의 아름다움을 가리지 않을 다이아몬드 목걸이 하나만 추가 할 거예요.

클랏: 천연 다이아몬드?

클람: 물론이죠. 그는 어머니의 목걸이를 물려받았어요! 그런 다음 그는 벨기에, 프랑스, 심지어 자이르에서도 여러 편지를 받았다고 썼지만, 이 민족 의상을 입은 나는 방금 가지에서 딴 아름다운 캘리포니아 사과처럼 보였기 때문에 내 편지에만 답장했죠.

클랏: 어떤 사과요?

클람: 캘리포니아 사과, 방금 나뭇가지에서 딴! 그는 캘리포니아 사과를 매우 좋아하고 그것에 대해 자세히 썼어요. 그는 폴란드 출신이지만 샌프란시스코에서 태어났고 내 고향 전체만큼 거대한 자동차 공장을 가지고 있어요.

클랏: 사르크발처럼?

클람: 예, 주변 시골과 함께. 하지만 이제 그는 카나리아 제도에서 조용하고 자유롭게 살고 싶어해요.

클랏: 왜 카나리아 제도에?

클람: 그곳에 집이 있고 그곳의 공기를 정말 좋아하기 때문이죠. 심지어 집 사진을 보내면서 집이 마음에 들지 않으면 바로 팔고 더 큰 집을 사겠다고 썼어요. 이것은 카나리아 제도에 있는 그의 집이예요.

(클람 부인이 집 사진을 보여준다.)

클랏: 왜 더 큰 걸. 이 집은 학교 같습니다!

클람: 그리고 나는 그것을 보았을 때 어지러움을 느꼈어요. 그리고 그가 쓴 다른 편지에서 사둔이 알고 있다면 - 그것을 믿지 않을 거예요! 그는 나를 스토이나가 아니라 사랑스럽게 스타니라고 불러요. 들어봐요, 최근 편지를 읽어줄게요.

(클람 부인은 가방에서 편지를 꺼내 읽기 시작한다.)

　　사랑하는 스타니, 이제 우리 결혼식 여행 일정을 보내드립니다. 당신이 유럽에서 태어났다는 사실 때문에 나는 당신이 바다를 건너 멜버른이나 리우데자네이루로 취향대로 여행을 제안하고 싶습니다.

클랏: 취향대로?

클람: 네! 그것을 읽었을 때 나는 일주일 내내 잠을 자지 않았고 마치 약에 취한 것 같았어요. 그의 편지는 정말 마약처럼 저에게 작용하기 시작했죠. 정말, 나는 멜버른이 어디에 있는지, 리우데자네이루가 어디에 있는지 전혀 모르고, 그런 꿈을 꾼 적도 없어요...

클랏: 폴란스키 씨가 직접 사둔에게 편지를 쓰고 있는 겁니까?

클림: 딜리 누가 있나요? 내가 나 자신에게 이 편지를 쓰고 있다고 생각하나요? 솔직히 말해서 이 편지를 읽을 때면 여전히 내 눈을 믿을 수 없고 항상 생각해요. 오 스토이노, 스토이노, 너는 정말 이상한 운명을 가지고 있어. 평생 삽으로 사르크발에서 땅을 팠어. 이제 늙었으니 멜버른이나 리우데자네이루로 신혼여행을 가세요...

클랏: (가르치듯) 그를 너무 믿지 마십시오. 그는 불량배일 수 있습니다. 비슷한 세상의 악당들이 있는데, 그 편지로 그는 세상의 악당과 매우 흡사합니다.

클람: 사둔은 옳지 않아요. 사둔은 그를 화나게 할 권리가 없어요. 폴란스키 씨는 상당한 나이의 정직한 사람이며 이 나이에 농담도 속이는 경향도 없어요. 그는 아내를 찾고 있고 그게 전부예요. 그의 사진을 보면 그는 전혀 나쁜 놈처럼 보이지 않아요. 이것은 그의 사진인데 자신의 "롤스 로이스" 자동차 앞에서 자신의 사진을 찍었어요.

(클람 부인이 클랏에게 사진을 보여준다.)

클랏: 그가 벌써 아흔 살이 넘은 것 같습니다.

클람: 이봐요, 나이를 물어보는 건 예의가 아니예요. 사둔은 사람들이 그것에 대해 묻지 않는다는 것을 잘 알고 있어요. 그는 교육받은 사람이고 그는 또한 나에게 내 나이를 묻지 않았어요.

클랏: 그는 너무 작고 말랐기 때문에 차에 타면 그 안에서 그를 찾을 수 없을 것입니다.

클람: 말랐지만 백만장자예요!

클랏: (잠시 후) 그건 제가 사둔에게 전혀 기대하지 않은 일입니다. 사둔은 손자들을 여기에 두고 카나리아 제도로 떠날 겁니다! 그들이 화낼 걸 못 느끼십니까?

클람: 나요? 나는 그들을 위해, 손자를 위해 떠날 거예요! 폴란스키 씨와 내가 결혼하면 매달 손주들에게 돈을 보낼 거예요. 나는 생일 파티에 초콜렛도 안 사주는 사둔처럼 인색하지 않아요.

클랏: 부끄럽지 않습니까! 내가 얼마나 많은 선물을 샀는지 잊으셨습니까?

클람: 이봐, 화내지 마요. 제가 카나리아 제도에 가면 귀사를 위한 컴퓨터를 보내드릴게요. 며느리와 아들에게 "메르세데스"를 보내어 트랙터를 사서 회사를 만들지 않아도 되요. 이 나이에 나는 더 행복하게 살 것이고 내 자녀와 손자들은 나에게 감사 할 거예요..

클랏: 압니다! 나는 사둔이 자신에 대해서만 생각한다고 항상 알고 있었습니다! 사둔은 그 폴란스키 또는 고란스키와 함께 갈 것이고 여기 내 딸은 이 두 어린 병아리와 함께 고통 받고 애쓸 겁니다. 아무도, 아무도 집에서 그녀를 도와주지 않을 겁니다.

클람: 네, 내가 갈게요. 여기에서 그들이 아는 대로 하도록 놔둘게요. 왜냐하면 사둔의 딸은 집에서 나를 볼 수 없기 때문이죠. 내가 무엇을 하든, 그 아이는 그것을 좋아하지 않아요! 내가 요리하면 먹지 않고, 내가 린넨을 빨면 다시 세탁하고, 내가 라디오를 켜면 꺼버려요.

클랏: 먼저 사둔 아들을 본 다음 내 딸에 대해 이야기하십

시오. 사둔은 그 아이가 기술자라고 자랑하지만 계란 두 개도 요리할 수 없습니다. 봉사하기를 기다립니다.

클람: 내 아들이 아니라 사둔의 딸은 음식을 받기 위해 기다리고 있어요. 내가 집에 없으면 그녀의 접시는 일주일 내내 씻지 않은 채로 있을 것이기 때문이죠.

클랏: 내 딸은 가정부가 아닙니다! 그녀는 설거지와 청소를 위해 결혼하지 않았습니다!

클람: 내 아들이 그녀의 일꾼이 되어 그녀가 하루 종일 거울 앞에 앉아 손톱을 닦게 해야 할까요? 내가 살아있는 한, 그런 일은 다시는 일어나지 않을 거예요! 잘 알아두세요!

클랏: 사둔이 앞으로 100년을 더 살아 내 딸을 땅에 묻을 것을 압니다. 사둔은 하루 종일 그녀를 따라다니며 지켜봅니다. 독한 사둔 때문에, 그녀는 긴장했고 곧 암에 걸릴 겁니다!

클람: 내가 독한가요? 내 아들이 고등학교도 졸업하지 못한 사둔 딸과 결혼하기에 동의한 사람이 나인가요? 너무나 많은 아름다운 젊은 여성들이 부유하고 정직하며 우수한 교육을 받은 아들과 결혼하기를 원했어요. 그녀는...

클랏: 빵집이 어디 있는지도 모르는 사둔의 아들인 이 멍청이와 내 딸이 결혼하는 데 사둔이 아니라, 내가 동의했습니다. 그의 동료들은 부자가 되었고, 아주 부자가 되었지만 그는 차도 없었습니다. 기술자, 훽...

클람: 네, 그는 기술자예요! 화가 나네요!

클랏: 사둔 탓입니다, 모두 사둔 탓! 사둔! 사둔은 사르크발에 있는 집을 떠나 손자를 돌보기 위해 여기에 왔지만

사실 나와 남편이 신이 그를 용서하길, 벽돌을 하나씩 쌓아 만든 아파트에 들어가기 위해 왔습니다. 그래서 돈이 부족하고 딸이 고통을 받아야 하고 가난한 암소처럼 가족 수레를 끌어야 합니다.

클람: 그래서 사둔은 나를 사르크발로 보낼 회사를 찾고 여기 그들의 아파트에서 그들과 조용히 살기를 바라네요.

클랏: 사둔의 자리는 사르크발에만 있습니다...

클람: 그리고 사둔이 있을 곳은 정신 병원이예요. 미쳤기 때문에...

클레: 내가 미쳤습니까? 사둔이 미쳤습니다! 이미 오늘 나는 딸에게 사둔의 넝마를 집 밖으로 버리라고 말하고 사둔이 원하는 곳으로 가라고 말할 겁니다! 카나리아 제도, 바하마, 악마의 섬까지 원하신다면...

클람: 오오오! 사둔이 틀렸어요! 오늘 나는 폴란스키 씨에게 그와 결혼하지 않을 것이며 카나리아 제도로 떠나지 않겠다고 편지를 쓸 거예요! 사둔이 분노로 폭발할 때까지 내가 거기 있을게요, 이 늙은 노파, 이 못된 원숭이! 사둔이 나를 보고 화내도록 여기 남을 게요!

클랏: 가요! 멀리! 더 이상 사둔을 보고 싶지 않습니다. 나는 더 이상 모릅니다! 가십시오!

(클랏 부인이 클람 부인을 무대에서 쫓아낸다.)

끝

소피아, 1991년 3월 28일

"유럽 회사"

다음과 같이 공연되었다.
- 1991년 5월 27일 소피아 슬라브얀스카 베세다 문화원에서.
- 1991년 6월 22일 에스페란토 축세 "틸리아 베스녜로"를
맞아 스타라자고라 시에서.

출연 : 루나 다비도바, 긴카 토테바
감독: 테오 유루코프

율리안 모데스트의 저작들

-우리는 살 것이다!: 리디아 자멘호프에 대한 기록드라마

-황금의 포세이돈: 소설 / -5월 비: 소설

-브라운 박사는 우리 안에 산다: 드라마

-신비로운 빛: 단편 소설

-문학 수필: 수필

-바다별: 단편 소설

-꿈속에서 헤매기: 단편 소설

-세기의 발명: 코미디

-문학 고백: 수필

-닫힌 조개: 단편 소설

-아름다운 꿈: 단편 소설

-과거로부터 온 남자: 단편 소설

-상어와 함께 춤을: 단편 소설

-수수께끼의 보물: 청소년을 위한 소설

-살인 경고: 추리 소설

-공원에서의 살인: 추리 소설

-고요한 아침: 추리 소설

-사랑과 증오: 추리 소설

-꿈의 사냥꾼: 단편 소설

-내 목소리를 잊지 마세요: 중편소설 2편

-인생의 오솔길을 지나: 여성 소설

-욤보르와 미키의 모험: 어린이책

-비밀 일기: 소설

-모해: 소설

-철(鐵) 새: 단편 소설

번역자의 말

『세기의 발명』은 드라마 3개와 코미디 2개 그리고 연극에 대한 작가의 수필이 담긴 책입니다.

비오는 저녁은, 이혼을 했는데 법원의 이혼재판서류가 실종되어 서류상 기혼자인 남자가 새로운 애인을 만났으나 결혼하지 못하는 어처구니없는 일이 발생해 서류상 부인에게 찾아와 나누는 동상이몽(同床異夢) 이야기입니다.

마음속으로 스며들다는, 젊은 여자 도둑이 여배우 집을 밤에 찾아와 물건을 훔치다가 귀가한 여배우와 서로 몸싸움하고 나중에 서로 나누는 이야기입니다.

별 멜로디는, 한 밤중에 다른 사람은 보지 못하는 우주인을 만나 피아노를 치는 어린 학생과 부모, 교장이 나누는 이야기입니다.

세기의 발명은 물에서 기름을 만들어내는 공식을 발견했다고 해서 벌어지는 해프닝을, 유럽 회사는 사돈 사이인 두 여자분이 자식들 때문에 힘들어하는 푸념을 서로 나누는 웃긴 이야기입니다.

에스페란토 언어 교육은 배울 때 작은 연극, 촌극, 코미디가 사용되면 훨씬 더 매력적이고 재미있고 쉽습니다.

이런 식으로 놀이할 때 나도 모르게 정확한 언어뿐만 아니라 생생한 대화 형식으로 표현된 생생한 구어를 습득하게 됩니다. 이런 희곡이 많이 읽히고 공연이 되고 학습에 사용되어 유창한 언어 실력자가 나오기를 희망합니다.

아울러 이 책을 구매하신 모든 분께 감사드립니다.

- 오태영(mateno, 진달래출판사 대표)